EMMA THOMAS

CINQUENTA TONS *do sr. Darcy*

UMA PARÓDIA

Tradução
Natalie V. Gerhardt

BB
BERTRAND BRASIL

Rio de Janeiro | 2012

Copyright © Michael O'Mara Books Limited, 2012.

Originalmente publicado na Grã-Bretanha, em 2012, por Michael O'Mara Books Limited.
9 Lion Yard, Tremadoc Road, Londres SW4 7NQ

Imagem de Capa: iStockphoto

Editoração: FA Studio

Texto revisado segundo o novo
Acordo Ortográfico da Língua Portuguesa

2012
Impresso no Brasil
Printed in Brazil

Cip-Brasil. Catalogação na fonte
Sindicato Nacional dos Editores de Livros. RJ

T38c	Thomas, Emma
	Cinquenta tons do Sr. Darcy : uma paródia / Emma Thomas; tradução Natalie V. Gerhardt. — Rio de Janeiro: Bertrand Brasil, 2012.
	304 p. : 21 cm
	Tradução de: Fifty shades of Mr. Darcy: a parody
	ISBN 978-85-286-1640-8
	1. Romance inglês. I. Gerhardt, Natalie V. II. Título.
	CDD: 823
12-7999	CDU: 821.111-3

Todos os direitos reservados pela:
EDITORA BERTRAND BRASIL LTDA.
Rua Argentina, 171 — 2º andar — São Cristóvão
20921-380 — Rio de Janeiro — RJ
Tel.: (0xx21) 2585-2070 — Fax: (0xx21) 2585-2087

Não é permitida a reprodução total ou parcial desta obra, por quaisquer meios, sem a prévia autorização por escrito da Editora.

Atendimento e venda direta ao leitor:
mdireto@record.com.br ou (0xx21) 2585-2002

Impresso no Brasil pelo Sistema Cameron da Divisão Gráfica da Distribuidora Record de Serviços de Imprensa S.A.

É uma verdade universalmente reconhecida que um homem solteiro de posse de um belo chicote de equitação deseja um belo par de nádegas desnudas para espancar. Pelo menos, era isso que parecia a Elizabeth Bennet. Amarrada no dossel da cama do quarto de senhoras do sr. Darcy, com o espartilho desamarrado e a calçola desalinhada, trêmula de antecipação pela primeira chibatada do couro sobre a pele imaculada, ela pensava nas circunstâncias que a levaram àquele estado deveras indecoroso. Se o sr. Bingulin nunca houvesse chegado a Netherfield e se enamorado de sua irmã Jane, então, ela, Elizabeth, nunca teria conhecido seu amigo íntimo, o sr. Fitzwilliam Darcy. E aquele encontro inesperado fora o suficiente para atraí-la para o seu mundo secreto de sexo quente, excitante e pervertido, como uma mariposa indefesa atraída pela chama de uma vela.

O pior de tudo é que ela era a responsável pela própria ruína. O sr. Darcy não fizera nenhuma declaração de amor. Na verdade, deixara suas intenções bastante claras desde o início:

— Não faço amor, srta. Bennet — dissera-lhe ele. — Eu transo, eu como, eu fodo, eu trepo.

Será que poderia salvar aquele homem maravilhoso e sensual dos próprios desejos sombrios? Certamente, se pudesse lhe mostrar como os distintos passatempos do século XIX podiam ser prazerosos — como uma partida de gamão poderia se equiparar à excitação de grampos de mamilos e como adornar um chapéu poderia proporcionar tanto prazer aos sentidos quanto a inserção de um plugue anal extragrande —, então, ele acabaria por renunciar a suas tendências sadomasoquistas para sempre.

No entanto, quando a primeira chicotada desceu sobre seu traseiro trêmulo, fazendo-a gritar tanto de excitação quanto de dor, aquele pensamento se esvaiu de sua mente.

— Ai, meu Deus! — arfou Elizabeth. — O que diria Lady Catherine a respeito disto?

— Meu caro sr. Bennet — disse-lhe a esposa. — Já soube que alguém finalmente alugou Netherfield Park?

Cinquenta tons do sr. Darcy

O sr. Bennet, com a cabeça enterrada num almanaque de chatíssimas questões matemáticas, apenas resmungou uma resposta. Diferente do primeiro, do segundo, do terceiro e do quarto maridos da sra. Bennet — cujas mortes prematuras foram causadas pelo excesso de sexo —, Billy-Bob Bennet não era afeito a conversas. Em suma, seu único propósito nas páginas deste livro é agir como um decifrador, representar um ideal de masculinidade baseado na caça, na pesca e no "faça você mesmo" com o objetivo de formar um contraste com o anti-herói meticuloso, excêntrico e um tanto afetado. Desse modo, a autora não quis se preocupar dando-lhe muitas falas.

— O senhor me ouviu, sr. Bennet? — reclamou a sra. Bennet, impaciente. — Netherfield foi alugado por um jovem muito rico do norte da Inglaterra, sr. Elliot Bingulin, que vem acompanhado pelo grande amigo, sr. Fitzwilliam Darcy.

Sr. Bennet permaneceu sentado, taciturno, olhando para a revista, enquanto aguardava a invenção da televisão.

A esposa não foi, de forma alguma, desencorajada pela falta de audiência.

— Ouvi dizer — continuou ela, ávida — que eles são *consideravelmente* bem-providos. Ambos têm bolsos *enormes*, foi o que me disseram, e agora eles vêm para Meryton, sem dúvida, desejando conhecer jovens damas com quem possam se dar bem.

Elizabeth, a segunda filha — e, sem dúvida, a mais gostosa — das meninas Bennet, estremeceu por dentro. O uso inadequado de gírias de rua e a total falta de modéstia da mãe eram fontes constantes de mortificação para ela e a irmã virtuosa, Jane. Por exemplo, por que, perguntou-se Elizabeth, a sra. Bennet não poderia sentar-se discretamente com as mãos cruzadas no colo como qualquer matriarca do século XIX, em vez de se jogar em uma *chaise longue* com as pernas abertas para que todos notassem sua vulgaridade?

— Bem-providos? — perguntou Mary, a filha do meio, e, sem dúvida, a menos gostosa, erguendo o olhar do livro de latim para iniciantes e lançando um olhar de desaprovação para ela. — Não me parece certo falar sobre a fortuna de um cavalheiro — reprovou ela.

— Quem disse qualquer coisa sobre fortuna, menina? — retrucou a mãe. — Não estou falando do tamanho de seus *ganhos*. — A sra. Bennet revirou os olhos, exasperada. Por que será que as filhas eram tão irremediavelmente conservadoras? Embora as mais jovens, Kitty e Lydia, estivessem começando a exibir sinais de interesse em jovens oficiais da cidade, tinha certeza de que iria para o túmulo antes que uma delas fosse comida. Mãe de cinco virgens! Aquele era um tormento demasiado grande para aguentar!

— Tolinha — censurou ela. — Alguns dos criados têm conversado com as leiteiras em Meryton e dizem que ambos os cavalheiros possuem enormes caralh...

Por sorte, no exato momento em que a sra. Bennet estava prestes a proferir uma palavra que faria uma cortesã corar, o cabelo rebelde de Elizabeth decidiu dar um mergulho no buraco do lambril.

— Vamos meninas! — gritou a sra. Bennet, enquanto a juba castanha e atraente, mas rebelde, resvalava de um lado para o outro no chão em uma tentativa de evitar Elizabeth e suas irmãs, que pulavam de lá para cá, golpeando-a com escovas e laçarotes. Por alguns instantes, reinou o caos na sala de visita, até que Elizabeth — que, assim como muitas das heroínas românticas, era irremediavelmente propensa a acidentes — recuperou o equilíbrio se segurando no pé da mesa de carteados, aterrissou bem em cima dos cachos lustrosos e os prendeu com uma presilha elástica.

— Pronto — declarou ela ofegante, esparramada sobre o tapete de Aubusson. — Já está tudo sob controle!

A sra. Bennet admirou as pernas longas cobertas com meias de Elizabeth, as quais ficaram expostas após o esforço. "Um lindo par!", pensou, orgulhosa. "Perfeitas para envolverem a cintura de um tenente da cavalaria." Que ironia saber que a filha tinha formas tão perfeitas para o ato sexual, mas demonstrasse tão pouco interesse no assunto. Ela parecia preferir ocupar seu tempo lendo livros, usando roupas desalinhadas e saindo para caminhadas no campo. A sra. Bennet suspirou descontente.

— Sr. Bennet, é claro que o senhor deve visitar o sr. Bingulin assim que ele chegar.

Por fim, o sr. Bennet ergueu os olhos.

— Se ele praticar tiro, jogar sinuca ou tiver um curral, eu o visitarei. Se ele for um desses modernos metrossexuais, por certo que não irei.

— Considere, ao menos, a sorte de suas filhas! — continuou a sra. Bennet. — Jane tem 22 anos e Lizzy já passou dos 20 e ninguém nunca ao menos tentou lhes passar a mão! Se não fosse por Lydia, que suspeito ter sido apalpada pelo sr. Pinto, o ajudante da cocheira, eu já teria perdido por completo todas as esperanças.

— Não sei por que pensa assim — declarou o marido. — Se estivéssemos no século XXI, concordo que seria absurda a ideia de uma garota de 21 anos e beleza impressionante nunca ter caminhado de mãos dadas com um jovem rapaz. Na verdade, eu acharia ser algum tipo de recurso literário forçado para tornar a eventual defloração ainda mais lasciva. Mas estamos em 1813, e é bastante aceitável que uma jovem dama permaneça casta até o casamento.

— Casta? Casta? É fácil para o senhor dizer, sr. Bennet! — exclamou a esposa. — O senhor não precisa aturar as fofocas da vizinhança: "As filhas sapatonas da sra. Bennet!" — A sra. Bennet se abanou com seu exemplar de *Piratas mais Gostosos da Inglaterra*. — O senhor precisa visitar o sr. Bingulin e o sr. Darcy na primeira oportunidade e perguntar se algum deles não gostaria de tentar algo com uma de nossas filhas. Eu insisto!

E, com aquilo, a questão foi resolvida.

Um convite logo foi enviado a Netherfield, e o sr. Bingulin convenientemente visitou o sr. Bennet e sentou-se com ele em seu escritório por cerca de dez minutos. Ali, foi feita a proposta formal para que tentasse algo com uma de suas filhas. Todo o esforço deve ter sido recompensado, pois rapidamente chegaram a Longbourn notícias de que o sr. Bingulin seria o anfitrião de um baile e as meninas Bennet seriam convidadas. Também estariam presentes, as duas irmãs do sr. Bingulin, Vagalucy e Curraline, que haviam acabado de chegar à cidade, além do seu amigo íntimo, sr. Darcy.

A sra. Bennet mal conseguiu conter a animação.

— Lady Lucas contou-me que os bailes do sr. Bingulin são lendários! — exclamou ela para quem quisesse ouvir. — Todas as pessoas de alto nível admiram esses bailes. Pena que eles sempre acontecessem longe demais para minhas filhas poderem aproveitar. Agora, porém, ele mora em Netherfield, e seus bailes estão ao nosso alcance.

Sob suas ordens, as jovens senhoritas Bennet visitaram Meryton para ajustar seus melhores vestidos e tiveram longas discussões sobre o que deveriam usar. A sra. Bennet pediu que o vestido de musselina azul-claro de Jane fosse ajustado para que seus seios parecessem do tamanho de abóboras maduras. Elizabeth, porém, resistiu às súplicas da mãe para que usasse um minivestido de couro e botas de cano curto brancas, optando por um vestido marfim simples de algodão. Cragg, a governanta — com as mãos fortes e retorcidas de forma desagradável é característica da classe trabalhadora — conseguiu prender-lhe o cabelo rebelde em uma trança simples.

Olhando-se no espelho, Elizabeth suspirou. Com a pele de alabastro e os lábios carnudos, não se achava tão bonita quanto Jane, cujos cachos louros atraíam muita atenção. Jamais seria alvo de olhares admirados, decidiu ela, pois possuía inúmeros defeitos; os seios eram atrevidos demais, as pernas, longas e torneadas demais, e os vívidos olhos azuis, grandes e límpidos demais. E que homem iria querê-la ao descobrir sua vagina mágica vibradora? Não, assuntos do coração não eram para ela.

Entretanto, as tolas preocupações de Elizabeth dissiparam-se tão logo chegou ao baile, devido à natureza alegre da reunião em Netherfield. O próprio sr. Bingulin era um anfitrião cordial — um cavalheiro com modos sociáveis e amáveis, além de fisionomia agradável e olhos azuis que brilhavam de alegria.

Não perdeu tempo em estimular todas as damas presentes a dançar. Lançou-se à quadrilha com autoconfiança e parecia não se cansar da escala de Lord Percy, e exclamou de prazer ao ouvir "The Captain's Hornpipe".* Elizabeth logo notou que o sr. Bingulin causara uma impressão

---

* *Hornpipe* é um tipo de dança de origens irlandesa, escocesa e inglesa que se originou no século XVI. (N.T.)

bastante favorável em Jane; a irmã falou bastante sobre o corpo musculoso do vizinho, os cachos louros angelicais e sua postura ereta. Na verdade, era difícil não notá-lo, uma vez que era enorme.

— Verdade, ele é bastante cortês — comentou ela. — Entretanto, gostei do fato de ele não ser o mais inteligente dos homens.

— O que a faz pensar assim? — quis saber Elizabeth.

— Oh, são apenas suposições feitas com base no fato de que, quando perguntei a ele o que achava do nosso condado, ele respondeu que Arseshire era uma das regiões mais bonitas, mas ele, erroneamente, pronunciou "Hertfordshire".

— A inteligência não será de grande importância se, de fato, sua natureza geral for tão aprazível quanto diz — declarou Elizabeth, observando o sr. Bingulin encher a cara de ponche. Sua atenção, porém, foi logo desviada para o amigo do sr. Bingulin, o sr. Darcy, que estava de pé em um canto do salão, de costas para os convidados, e ocupando-se em arrumar, em ordem alfabética, alguns livros empoeirados em uma estante. "Que falta de cavalheirismo", pensou Elizabeth. "Não dançar quando há tantas jovens damas sem um par." Não pôde deixar de notar, porém, o físico atlético do sr. Darcy. Deveria chegar a mais de um e noventa com suas botas de montaria cubanas, seu porte ereto, ombros largos e traseiro firme e bem-esculpido. Elizabeth sentiu um frio em algum lugar secreto e escuro de sua barriga. Deve ter sido no baço. Ou talvez no ponto G. Tendo estudado o mínimo necessário e sendo extremamente ignorante acerca da anatomia feminina, não poderia saber ao certo. Enquanto pensava sobre seus órgãos internos, sr. Bingulin chamou o amigo:

— Venha logo, Darcy! Quero que venha dançar!

O sr. Darcy se virou e — *oh, meu Deus!* — Elizabeth viu seu rosto pela primeira vez. Os lábios eram carnudos e sensuais. O cabelo avermelhado — não, espere um pouco, vamos descrevê-lo como acobreado — caía-lhe sobre os olhos cinzentos tão atraentes que poderiam ter sido forjados a partir de blocos de sexo sólido. *Ele era gostoso demais!*

— Há damas aguardando — implorou Bingulin. — Deixe os livros e venha dançar.

Os lábios esculpidos do sr. Darcy se curvaram em um sorriso de desdém.

— Normalmente, eu dançaria — respondeu ele. — E tão bem quanto tudo que faço. Entretanto, devo me dedicar a colocar esta prateleira em ordem. Algum idiota colocou Lord Byron antes de William Blake. Veja isso?

— Oh, devo ter sido eu! — exclamou Bingulin, alegre. — Você bem sabe como sou um desastre em grafia! Mas venha, Darcy, imploro que desista de tal tarefa! Por que se preocupa com livros quando poderia dançar com algumas jovens encantadoras? Há tantas criaturas adoráveis aqui esta noite. O que acha daquela jovem ali de seios fartos?

Os lábios do sr. Darcy se torceram em escárnio.

— Refere-se à srta. Shapen? Não faz o meu tipo.

— E o que achas da srta. Anthrope?

— Deprimente demais.

— Srta. Todano?

— Essa parece promissora. Onde ela está?

— Acabei de perdê-la de vista.

Darcy deu um suspiro exasperado.

— Não há ninguém aqui que me tente. Você está precisamente a dançar com a única rapariga verdadeiramente bela desta noite.

O sr. Bingulin sorriu de alegria.

— Srta. Jane Bennet? Ela é adorável, não? Mas o que acha da irmã dela, Elizabeth? Também é uma bonita criatura.

Cinquenta tons do sr. Darcy

— Hmmm... — Darcy pareceu perdido em pensamentos. — Creio que seja razoável — declarou por fim. — Mas tem um ar deveras inocente para me tentar. Além disso, a mãe é uma criatura vulgar.

Voltou o olhar frio na direção da sra. Bennet, que dançava de forma inapropriada com um jovem fuzileiro.

— Veja as tatuagens dela. O que é aquela grande em seu ombro? Será um pênis?

O sr. Bingulin observou com atenção.

— Não sei ao certo. Creio que possa ser algum tipo de água-viva.

— Nesse caso, foi muito malfeita.

Elizabeth, que ouvira toda a conversa, não perdera tempo em contar às amigas, com certo humor e inteligência, como fora menosprezada pelo amigo orgulhoso e cheio de desdém do sr. Bingulin. Mas, no íntimo, sentiu-se afrontada. Não havia como negar que o sr. Darcy era o bilionário mais bonito que já vira. Olhando para o corpo flexível apoiado na estante, com uma perna inclinada em um ângulo extravagante, sentiu uma onda de energia fluir por seu corpo. Elizabeth se perguntou como seria dar um passeio pelo jardim de rosas na companhia de tal homem. Ou sentar-se à sombra de uma árvore e ler Wordsworth juntos. Ao pensar sobre uma sessão conjunta de leitura de poesia, sentiu outro estremecimento de excitação.

"Acho que ele é perigoso", opinou seu subconsciente. "Fique bem longe dele."

"Meu Deus, você é tão frígida!" exclamou sua sádica interior.

"Será que alguém mais acha que ele talvez seja gay?", interveio seu radar gay. "Note bem o tecido de sua gravata."

Enquanto as vozes internas discutiam entre si e Elizabeth se repreendia por ter se esquecido de tomar seus remédios, a sra. Bennet aproximou-se acompanhada por quatro jovens oficiais da guarda. Estava bastante evidente que ela se servira de doses generosas de ponche, e o seu rosto brilhava como um farol.

— Estes gentis e jovens cavalheiros se ofereceram para me levar lá fora e me mostrar suas manobras! — exclamou ela. — O capitão Yates me disse que seu mosquete já está meio levantado e que, com a minha ajuda, logo ficará totalmente ereto.

Elizabeth notou que o sr. Darcy voltara sua atenção para o grupo em que se encontrava e a encarava com aqueles olhos cinzentos perturbadores e penetrantes.

Ficou rubra de vergonha. A falta de decoro da mãe voltaria a ser, sem dúvida, o assunto de Meryton.

— Logo me juntarei a vocês, rapazes, mas preciso encontrar um penico primeiro! — declarou a sra. Bennet. — Juro que já molhei minha calçola! — Seu olhar pousou no sr. Darcy. — Meu Deus, aquele deve ser o sr. Darcy sobre quem tanto ouvi falar! Bem, percebo que o que dizem é verdade. Ele é tão *gostoso*! Não é mesmo, Lizzy?

Elizabeth colocou o dedo sobre os lábios, em uma tentativa de indicar à mãe que aquela conversa poderia ser ouvida por outrem.

— Como pode saber disso? Por acaso você tentou lambê-lo também? — sussurrou ela para a mãe.

— Minha filha, eu não estava me referindo ao gosto dele, mas sim à sua aparência. — gorjeou a sra. Bennet, abanando-se com o que Elizabeth notou ser, para seu horror, a calçola. — Você notou que as calças dele são justas, como dita a moda londrina, Lizzy? Quando ele está de lado, dá para ver claramente o contorno de sua...

— Peteca? — interrompeu Bingulin. — Arrumaremos as mesas na sala de visitas se quiser montar um grupo. — Olhou do rosto corado de Elizabeth para a expressão irritada do sr. Darcy — Se preferirem, podemos jogar cartas.

Com um último olhar penetrante para Elizabeth, Fitzwilliam Darcy virou-se com suas botas cubanas e caminhou em direção às mesas de jogos. Elizabeth, com um misto de mortificação e exasperação, voltou sua atenção para a pista de dança, determinada a esquecer todo e qualquer pensamento sobre o amigo arrogante do sr. Bingulin.

Ainda assim, naquela noite, sonhou que o espartilho retirava sob olhar cinzento e rígido observada, como se estivesse embriagada, em um labirinto abandonada com a calçola afogueada.

Foi uma daquelas madrugadas.

Na manhã seguinte, quando Elizabeth e Jane estavam sozinhas no quarto, a irmã mais velha expressou o quanto admirava o sr. Bingulin.

— Oh, Lizzy, embora ainda não nos conheçamos bem, não posso evitar sentir grande afeição por ele. Que importa que seja um pouco idiota? Ele também é bonito, encantador e bem-humorado.

— Sim, ele realmente é todas essas coisas — respondeu Elizabeth. — E creio que também a admire.

— Não posso me permitir pensar assim. Afinal, ele dançou comigo apenas duas vezes. — Jane jogou seus cachos louros. Elizabeth os pegou com destreza e os jogou de volta.

— Mas ele não tentou tocar-me quando estávamos na sacada.

— Então! Isso prova o que digo! Ele realmente corresponde sua afeição!

— Querida Lizzy, você acha que pode ser verdade?

— Ficou claro para todos! Mas, querida irmã, fique atenta. Encontrou-se com ele apenas uma vez, mas ele tem certa reputação...

— Existem rumores de alguma indecência?

— Oh, Jane... — suspirou Elizabeth. — Curraline Bingulin me disse que na cidade, entre as damas da moda, ele é conhecido como "sr. Paulada". Mas só tenho a palavra dela sobre o assunto. Eu, porém, estou convencida de que não haja muita verdade em tal comentário.

— E quanto a você, querida irmã? Menosprezada pelo sr. Fitzwilliam Darcy! Sente-se afrontada?

— Na verdade, não — sorriu Elizabeth. — Posso compreender o fato de o sr. Darcy se considerar superior a nós. Afinal, nosso padrasto não ganha mais do que duas mil libras por ano e o sr. Darcy é um homem de enorme fortuna e bem conhecido por sua filantropia.

— Sim, sua fundação educacional goza de excelente reputação — concordou Jane. — Creio que seu objetivo seja introduzir castigos físicos em todas as escolas particulares para jovens damas. Realmente, um admirável trabalho de filantropia.

— Apesar de seu caráter — acrescentou Elizabeth, embora, dentro de sua cabeça, seu subconsciente e sua sádica interior estivessem travando uma briga de mulheres em um estacionamento metafórico.

"Admita, o sr. Darcy tem algo que a atrai!", gritou a sádica interior, agarrando o cabelo do subconsciente.

"Oh! Não dê ouvidos a nada que ela diz!", berrou o subconsciente, dando uma gravata na sádica interior. "Ele é perigoso! Além de obsessivo. Você notou como ele arrumou os objetos sobre o consolo da lareira? Ele o fez com uma fita métrica. Pelo amor de Deus!"

Elizabeth sacudiu a cabeça, forçando-se a sair daquele devaneio.

— Não se preocupe — disse Elizabeth, tentando tranquilizar a irmã, cujo adorável rosto irradiava preocupação fraterna. — Logo esquecerei o insulto do sr. Darcy. Empenhar-me-ei em deixar tudo isso para trás.

Jane deu um sorriso irônico.

— Para trás? Temo que seja exatamente atrás de você que ele ficaria se mamãe pudesse escolher o seu destino.

Depois do baile do sr. Bingulin, as damas de Longbourn logo conheceram melhor as que moravam em Netherfield. As boas maneiras de Jane Bingulin logo caíram nas graças das irmãs do sr. Bingulin, e ela foi convidada a passar algum tempo em sua companhia.

Vagalucy e Curraline tornaram-se amigas de Jane e, juntas, as raparigas passaram muitas tardes menosprezando o senso de moda de outras pessoas, enquanto aguardavam que alguém lhes pedisse a mão em casamento. Em algumas ocasiões, distraíam-se com pequenos projetos — como tricotar gorros para os feios terminais da paróquia —, e por causa de um deles uma carta foi entregue em Longbourn bem cedo certa manhã.

Querida amiga Jane,
Vagalucy e eu rogamos que venha jantar conosco hoje. Planejamos submeter um artigo para a *Revista da Mulher Moderna* sobre o trabalho filantrópico do nosso amigo mútuo, sr. Darcy. Considerando sua

eloquência e habilidade na escrita, estamos determinadas que seja você a autora de tal artigo. Venha e discuta a questão conosco assim que receber esta mensagem.
Sua amiga de sempre,
Curraline Bingulin

— Posso usar a carruagem? — pediu Jane.
— Claro que não — respondeu a sra. Bennet. — Você deve ir a cavalo, porque parece que vai chover, e, assim, será obrigada a passar a noite por lá. Pode até fingir que está assada por montar e solicitar que o sr. Bingulin lhe massageie as coxas.

Assim, a questão foi resolvida, e Jane partiu a cavalo para cruzar um quilômetro e meio até Netherfield. Logo as preces da mãe foram ouvidas e uma forte chuva desabou.

Elizabeth ficou profundamente preocupada com a irmã, mas a sra. Bennet deleitou-se com os acontecimentos.

— Quando chegar em Netherfield, seu vestido estará encharcado! — exclamou ela. — Não acha, sr. Bennet?

O sr. Bennet, por ser um personagem muito maldesenvolvido, apenas deu de ombros.

— Seus mamilos ficarão rijos e aparecerão através da musselina do vestido como as estacas na cruz! O sr. Bingulin por certo notará!

De fato, na manhã seguinte, chegou um bilhete de Netherfield endereçado a Elizabeth.

Minha adorada irmã,
Não estou passando muito bem esta manhã. Imagino que se deva ao fato de ter ficado toda molhadinha ontem. O sr. Bingulin diz que tenho o peito congestionado, o que ele busca aliviar com massagens assíduas a cada hora. Ele teme que eu tenha de ficar acamada até remover tal aflição de mim. Tudo isso significa que não poderei escrever o perfil do sr. Fitzwilliam Darcy para a *Revista da Mulher Moderna*, como prometi a Curraline Bingulin. Será que você seria gentil e assumiria o meu lugar, Lizzy? Por favor, diga que sim.
Cordialmente,
Jane.

Elizabeth ficou indecisa. Embora seu coração compassivo a encorajasse a estar com a irmã naquela situação bastante preocupante, também ansiava por manter distância do sr. Darcy. Depois de muito pensar e andar de um lado para o outro na sala de visitas, após um longo tempo, tomou sua decisão.

— Mãe, tenho de ir até Jane. Os cuidados do sr. Bingulin são bem-intencionados, sem dúvida, mas não creio que surtirão efeitos sobre os sintomas de minha irmã.

A sra. Bennet exasperou-se:

— Ela está sendo bem-cuidada, Lizzy! Trata-se de gripe à toa! E é bem provável que o sr. Bingulin não consiga dar nem uns amassos se Jane tiver você como acompanhante.

Ainda assim, Elizabeth insistiu em ir e, quando não se encontrou nenhum cavalo que pudesse levá-la, decidiu caminhar a curta distância até Netherfield, atravessando os campos. Saltou degraus, pulou por sobre poças e — sendo tão irremediavelmente propensa a acidentes de uma forma adorável e vulnerável que fazia os homens com sangue nas veias quererem comê-la — chegou ao seu destino com o vestido rasgado e os tornozelos lanhados em vários lugares, e foi levada até a sala onde estavam todos reunidos para o desjejum.

As senhoritas Bingulin mostraram-se horrorizadas com sua aparência e gritaram ao ver o estado enlameado das anáguas de Elizabeth.

— E diga-me, por favor, o que aconteceu com seu cabelo? — perguntou Curraline Bingulin, enquanto cachos da juba de Elizabeth escapavam do seu chapéu e tentavam seguir em direção à porta da varanda.

O sr. Darcy, porém olhou para as feições de Elizabeth de forma tão intensa que o rubor do seu rosto se intensificou ainda mais.

— É impressionante ver uma jovem dama tão revigorada pela prática de exercícios — murmurou ele, sem nunca afastar os olhos cinzentos e brilhantes dos dela. — Vejo isso como disciplina.

Suas indagações acerca da saúde de Jane tiveram respostas corteses, e, após o desjejum, ela foi levada até o quarto da irmã. O sr. Bingulin levantou-se de um salto da cabeceira da cama assim que ela entrou.

— Ora, srta. Bennet! — exclamou ele. — Eu estava prestes a dar à sua irmã o tratamento de hoje!

Estava claro que, em sua ansiedade em relação à saúde de Jane, o sr. Bingulin mal descansara — seus trajes o denunciaram. As calças estavam soltas, a camisa, desatada, e o rosto carregava a expressão de quem passara a noite revirando-se e, quem sabe, até rolando.

Elizabeth adiantou-se para o lado de Jane, que tinha o rosto afogueado e a respiração ofegante.

— Jane, querida, estou aqui agora. Cuidarei de você até que fique bem. Sr. Bingulin, por obséquio, chame o boticário.

— Enviarei alguém imediatamente — respondeu ele, enquanto enfiava a camisa para dentro das calças. — Logo estarei de volta, coelhinha.

Jane deu um sorriso fraco.

— Não se demore, docinho.

Quando o sr. Bingulin saiu do quarto, Elizabeth arrumou os lençóis de Jane.

— Estou tão feliz por ver você, Lizzy — murmurou Jane. — Entretanto, reluto em pedir que assuma a minha responsabilidade de escrever para a *Revista da Mulher Moderna* além de cuidar de mim. Assim, temo que a revista terá de sair sem um artigo sobre Fitzwilliam Darcy.

— Aquiete-se e não se estresse — admoestou Elizabeth em tom gentil. — Assumirei suas obrigações jornalísticas com prazer. Sou ávida leitora de romances, como bem sabe. Na verdade, esse fato por si só já me tornaria apta a realizar um trabalho para editora de tanto prestígio quanto esta, caso no futuro venha a existir esse tipo de oportunidade para jovens damas.

— Então, você conversará com o sr. Darcy, mesmo detestando-o tanto?

— Por você, Jane, eu faria ainda mais — respondeu Elizabeth, com carinho.

— Então, está tudo acertado. — Jane se recostou, agradecida, no travesseiro, e logo sua respiração assumiu o ritmo sereno do sono. Elizabeth velou o sono da irmã doente, passando, às vezes, um pano úmido sobre a testa de Jane e, em outras, lustrando-a e polindo-a. Após certo tempo, porém, pegou um livro de poesias na estante e começou a ler.

Nesse meio-tempo, na sala de refeições no andar debaixo, a conversa girava em torno de Elizabeth Bennet e o papelão a que se prestou. Seus modos foram considerados, de fato, bastante repreensíveis, um misto de orgulho e impertinência. Em suma, ela não possuía qualquer estilo, bom gosto ou beleza.

— Ora, vocês notaram sua aparência ao chegar esta manhã? — perguntou Vagalucy Bingulin. — Realmente, parecia quase selvagem!

— Caminhar por um quilômetro e meio! Que abominável independência! — declarou a irmã.

— E quanto à anágua? Toda enlameada!

— Confesso que não notei nada disso — respondeu o sr. Bingulin, galante. — Não notei sua anágua, e quanto a você, Darcy, notou algo?

— Certamente que não — retrucou o sr. Darcy. — Estava ocupado demais admirando os bicos dos seus seios.

Ao fim do almoço, quando o restante do grupo estava jogando cartas, Elizabeth solicitou a sr. Darcy uma hora do seu tempo, durante a qual poderia obter alguns fatos que pudessem interessar às leitoras da *Revista da Mulher Moderna*.

— Lisonjeia-me o fato de você, srta. Bennet, sugerir que jovens damas possam ter qualquer curiosidade acerca da minha vida e do meu dia a dia de trabalho — declarou o sr. Darcy. — Não me considero assunto adequado à análise de outrem. Ademais, falar sobre mim é algo que não me dá o menor prazer.

— Asseguro ao senhor, sr. Darcy, que isto também não me dá qualquer prazer — retrucou Elizabeth, com malícia. — Creio que estejamos em comum acordo neste assunto.

Ainda assim, dirigiram-se juntos para a sala de visitas, onde Elizabeth dispôs seu caderno e seu lápis sobre uma mesa de apoio, a qual, é importante ressaltar, era apenas ocasionalmente usada como apoio — na maior parte do tempo era usada como poltrona. Enquanto fazia aquilo, não pôde deixar de notar que os olhos do sr. Darcy estavam fixos nela.

— Se o senhor crê que seu escrutínio me embaraça, fique sabendo que não me intimido facilmente — declarou ela em tom leve. — Se há algo em meu comportamento ou aparência que ache repreensível, não hesite em dizer, pois assim poderei retificar tais falhas sem demora.

O sr. Darcy sorriu.

Oh, meu Deus! A boca dele era tão... tão... *bocosa.*

— Não farei tais observações, srta. Bennet — retrucou ele. — Estava apenas me perguntando como seria pegar um desses lápis de excelente qualidade e enfiá-los bem devagar em...

Elizabeth sentiu o coração disparar dentro do peito.

— ... um apontador — continuou ele, enquanto os olhos cinzentos brilhavam de forma pecaminosa como dois demônios malévolos ébrios de cidra.

Naquele momento, um criado com cabelo cortado bem curto e a barba por fazer, a quem Elizabeth não reconheceu, apareceu vindo de trás de um vaso de plantas.

— Ah, Taylor — disse o sr. Darcy. — Conseguiu fazer sua estimativa final acerca do busto da srta. Bennet?

— Sim, senhor — respondeu Taylor.

— E sua conclusão?

— Tamanho 42, senhor.

— Muito bem! Então, siga para Meryton.

Taylor fez um leve aceno e seguiu para a porta.

— Meu valete, Taylor, seguiu para a cidade para comprar novas roupas íntimas para a senhorita — avisou o sr. Darcy em tom de explicação. — Não pude deixar de notar que sua calçola e seu espartilho sujaram-se durante sua vinda à Longbourn.

Elizabeth enfureceu-se. A impertinência do sr. Darcy parecia não ter limites!

— Asseguro ao senhor que não preciso da sua caridade — declarou Elizabeth, com um misto de vergonha e afronta. — Minhas roupas de baixo podem não ser finamente costuradas nem ter bordados tão atraentes quanto os das senhoritas Bingulin, mas são perfeitamente adequados às minhas necessidades.

— E que *necessidades* seriam essas, srta. Bennet? — perguntou o sr. Darcy, fazendo troça.

— Não tenho tais *necessidades*, senhor.

— Mas a senhorita acabou de dizer que as tinha.

Meu Deus! Ele era um imbecil.

— Creio que o senhor entendeu perfeitamente bem o que eu quis dizer, sr. Darcy — afirmou Elizabeth com firmeza. — E, por favor, nada de presentes.

O sr. Darcy pareceu decepcionado.

— Por favor, permita-me fazer isso, srta. Bennet — pediu ele em tom baixo, aproximando-se um pouco mais dela na *chaise longue*. — Sou um homem extremamente rico, e, se eu desejo comprar-lhe um vestido de seda com pequenos orifícios que me permitam um rápido vislumbre de um mamilo, essa seria minha prerrogativa. Ou, quem sabe, calçolas de cetim que envolvam levemente seu jovem e firme...

Os olhos do sr. Darcy assumiram uma intensidade febril. Elizabeth decidiu que seria melhor para todos se o cortasse naquele momento.

— Rogo-lhe que não me desconcerte novamente, senhor. Não posso aceitar seus presentes. Não tenho o menor desejo de ficar em dívida para com o senhor.

— Está me recusando?

O sr. Darcy parecia intrigado e inclinou a cabeça para um lado e, depois, para o outro.

— O senhor gosta de se inclinar? — indagou Elizabeth.

— Oh, sim, srta. Bennet — murmurou sr. Darcy. — Realmente, gosto muito.

"Vamos logo, avancemos na história!", gritou o subconsciente de Elizabeth.

Olhando para o caderno, Elizabeth leu a primeira de suas perguntas, imprimindo na voz tom tão autoritário quanto conseguiu.

— O senhor possui uma vasta fortuna ao seu dispor. Será que poderia me dizer como gerencia suas propriedades, negócios e lucros de forma tão bem-sucedida?

— Exercendo um domínio *total* sobre tudo — respondeu o sr. Darcy. — Tenho quase quatrocentos criados em Pemberley, e os que não satisfazem exatamente meus padrões ou aqueles que me irritam logo conhecem a força da minha ira.

— Creio que esteja falando de forma metafórica?

— Não. Eu pessoalmente arrio suas calças e lhes ministro vinte chicotadas. Próxima pergunta, srta. Bennet.

— Pemberley é considerada uma das casas mais notáveis na região de Derbyshire, quiçá de toda a Inglaterra. Em sua opinião, quais são seus principais méritos?

Sr. Darcy deu um sorriso malicioso.

— Primeiro, a senhorita deve informar às leitoras da sua revista que mudarei o nome da propriedade.

— É mesmo, senhor Darcy?

— Para *Pembaley*.

Elizabeth lutou para manter a compostura. Não seria seduzida a responder àquela piada tola e infantil.

— A senhorita deve honrar-me com uma visita, srta. Bennet — continuou o sr. Darcy. — Existem muitas coisas lá que eu gostaria de lhe mostrar. Decorei vários aposentos à moda francesa. A senhorita certamente passaria bons momentos lá, manuseando meus bibelôs.

Elizabeth, ocupada tomando notas, ficou grata por estar olhando para o caderno, de modo que seria impossível ao sr. Darcy notar o rubor que se espalhava por seu rosto.

— Além de visitar seus amigos no campo, como costuma passar o seu tempo?

— Eu velejo. Entrego-me a várias atividades físicas. Eu monto... Com vigor. E eu subo em Charlie Tango sempre que tenho oportunidade.

— Charlie Tango? Esse é o nome do seu balão?

— Não, ele é meu garoto de programa.

"Ah, eu sabia!", exclamou o radar gay de Elizabeth.

Percebendo seu embaraço, sr. Darcy pareceu se compadecer.

— Estou brincando, srta. Bennet — disse ele, divertido. — Sim, Charlie Tango é o meu balão.

— E quanto às suas atividades filantrópicas? Elas tocam o seu coração?

O sorriso desapareceu do rosto do sr. Darcy.

— Muitas pessoas dizem que não tenho coração.

— Como pode ser, sr. Darcy?

— Creio que em todo caráter haja uma tendência a algum tipo de maldade específica, um defeito natural que nem mesmo a melhor educação pode superar.

Ele se aproximou, e Elizabeth conseguiu sentir o cheiro másculo e sedutor — percebeu um misto de colônia, linho, couro e algo mais. Cebola em conserva talvez?

— Tenho muitos vícios — declarou o sr. Darcy, com voz rouca. — Minha libido, por exemplo: não me responsabilizo por ela. Creio que seja muito pouco dócil.

— Trata-se, de fato, de um defeito! — exclamou Elizabeth. — Luxúria implacável constitui uma mancha no caráter.

— Tenho muitas manchas de caráter, de diversos tons diferentes, srta. Bennet — respondeu o sr. Darcy. — Cerca de cinquenta tons, Elizabeth, da última vez que contei.

Como a enferma não havia apresentado melhora e com o anoitecer se aproximando, Elizabeth acabou sendo convidada a passar a noite em Netherfield. Passou boa parte do tempo no quarto de Jane, mas foi perturbada diversas vezes pelo sr. Bingulin, que bateu na porta repetidas vezes durante a noite, por certo desejoso de cuidar, ele mesmo, da jovem doente. Curraline e Vagalucy também fizeram uma visita antes de se recolher aos seus aposentos, ávidas por terem notícias acerca da saúde de Jane e para encherem o saco.

— O sr. Darcy declarou que a senhorita possui "belos olhos" — comentou a mais velha das irmãs Bingulin. — Se não tivesse um status social tão inferior e seus recursos não fossem tão escassos, eu diria que ele está apaixonado por você!

— Não consigo imaginar que o sr. Darcy nutra qualquer tipo de sentimento carinhoso — respondeu Elizabeth friamente. — Ele parece ser um homem de grande apetite e pouca delicadeza. Além de não estar acostumado a companhias femininas.

— É verdade que ele evita o nosso sexo — lamentou-se Vagalucy. — Quando está na cidade, é mais fácil encontrá-lo em seu clube, o Porrete's.

— Uma pena, de fato — acrescentou Curraline —, que um cavalheiro com tal fortuna e posição social seja um solteirão. Contudo, quando ele se casar, como todo homem deve fazer, sem dúvida, escolherá alguém da mesma classe social que ocupa. Talvez alguém como eu.

— Pois formariam um belo casal — declarou Elizabeth, com sinceridade. Afinal, naquele momento, não poderia pensar em esposa melhor para o sr. Darcy do que aquela criatura convencida e tagarela.

— E quanto às suas expectativas matrimoniais, srta. Bennet? — indagou Curraline. — Talvez algum pastor de poucas posses sinta alguma atração por você ou, quem sabe, se tiver demasiada sorte, um fazendeiro?

"Vaca!" sussurrou o subconsciente de Elizabeth.

— Não carrego tais expectativas. Estou satisfeita com meus estudos e minhas caminhadas pelo campo. Pouco me atrai o amor.

— Realmente. Sem dúvida, esse é o motivo de a senhorita não ligar a mínima para moda. Seu desinteresse no sexo oposto explicaria bem as roupas antiquadas que usa.

Elizabeth sentiu os pelos se arrepiarem de raiva — realmente deveria raspar as pernas.

— Tenho sorte o bastante para ter um benfeitor nesse quesito — comentou ela. — Pois o sr. Darcy enviou seu criado à cidade para providenciar roupas de baixo novas para mim. Pediu que fossem da melhor seda e do melhor cetim.

Curraline Bingulin pareceu surpresa.

— O sr. Darcy? Comprando presentes para você? — Ela logo se recompôs. — Tamanha generosidade é bem característica dele! Por certo, teve pena de sua família e de seus parcos recursos. Ele é um grande benfeitor dos pobres e necessitados.

Dito isso, retirou-se e foi logo seguida por Vagalucy, deixando as duas irmãs Bennet sozinhas por ora.

— Quão generosas Curraline e Vagalucy são — comentou Jane —, são amigas tão boas para nós.

Elizabeth apenas suspirou. Às vezes, Jane era deveras imbecil.

Na manhã seguinte, Jane já estava bem melhor de saúde, e Elizabeth logo escreveu para a mãe, implorando que a carruagem fosse enviada para buscá-las no decorrer daquele dia. A resposta da sra. Bennet, porém, minou todas as suas esperanças de um iminente retorno a Vagalucy.

Minhas queridas filhas,

Será que alguma de vocês já logrou seduzir algum dos jovens cavalheiros? Reluto em enviar a carruagem

para buscá-las antes disso. Jane, você precisa subir um pouco a barra do vestido. Na verdade, é melhor que a suba *bastante*. Você possui coxas bem-torneadas e precisa mostrá-las ao sr. Bingulin. E, Elizabeth, suplico que não *leia livros* na presença dos cavalheiros para que não pensem que você é lésbica. Terá mais chances de atrair a atenção dos cavalheiros se rir alegremente dos gracejos deles. E, quando ganharem no carteado, dê gritinhos de excitação e pulinhos que façam seus peitos balançarem como gelatina. Isso sempre funcionou comigo.
Sua amada mãe.

Elizabeth, que não tinha a menor intenção de dar risinhos ou gritinhos e estava determinada a evitar, a todo o custo, que seus seios balançassem, insistiu com Jane para pedir emprestada a carruagem do sr. Bingulin; combinaram de mencionar seu desejo inicial de partir de Netherfield ainda pela manhã.

A notícia suscitou declarações de pesar; e falou-se do desejo de que ficassem pelo menos até o dia seguinte. O sr. Bingulin, em particular, parecia entusiasmado para continuar a cuidar de Jane, declarando que suas massagens regulares surtiam muitos efeitos benéficos. Para

Elizabeth, no entanto, a partida foi um alívio bem-vindo. A proximidade com o sr. Darcy no dia anterior causara nela um turbilhão de emoções, sendo a principal delas o tormento de sentir intensa atração física por alguém que, evidentemente, era um escroto.

Após tomarem chá na sala de estar, as irmãs partiram. Curraline Bingulin declarou-se perturbada com a partida de Jane, e as jovens se foram com promessas de retornar dentro em breve. Para Elizabeth, que subia os degraus da carruagem, ela falou:

— Oh! Tem algo espalhado por todo o seu rosto, Lizzy.

Elizabeth ergueu uma mão e esfregou as bochechas.

— São migalhas de bolo? — perguntou ela.

— Não — respondeu Curraline em voz baixa para que ninguém mais a ouvisse. — É *pobreza*.

O sr. Darcy estava ereto nos degraus de Netherfield, com o olhar fixo em Elizabeth, enquanto deslizava o longo dedo indicador sobre o lábio superior.

"Será que se trata de algum tipo de tique nervoso, como morder o lábio ou inclinar a cabeça, ou será que ele está tentando me dizer alguma coisa?", perguntou-se Elizabeth, procurando na valise pelo espelho para ver se seu buço precisava de clareamento. Sob aquele olhar observador, sentiu o rosto corar. Sentia os olhos acinzentados queimando-a por dentro, como pás ferventes atiçando as brasas de seu desejo. Quanto mais a atiçavam, mais altas eram as chamas que incendiavam suas entranhas, até que a metáfora se desfez em uma explosão de faíscas e prosa mal-escrita.

Ainda assim, se Elizabeth cultivasse qualquer esperança de esquecer sr. Fitzwilliam Darcy e seus olhos zombeteiros, isso jamais aconteceria. Uma semana depois que ela e Jane retornaram de Netherfield, os Bennet foram convidados para uma festa na casa de Sir William Lucas e de sua filha desprovida de beleza, Charlotte, cujo rosto mais parecia uma batata-inglesa e o corpo combinava com as feições sem graça. Todos consideravam que seria difícil para Charlotte atrair o olhar de algum pretendente e que seu aparente destino seria se tornar uma velha encalhada. Apesar disso, o que lhe faltava em beleza sobrava-lhe em ânimo e vigor.

— Eu declaro que esta festa está um saco — reclamou Charlotte para Elizabeth e Jane enquanto caminhavam pela sala de estar. — Papai às vezes é um grande bundão. Não creio que alguma de vocês tenha drogas?

Ambas as irmãs menearam a cabeça, espantadas.

— Então, poderíamos, ao menos, ter alguma música — disse Charlotte, determinada, convocando Elizabeth ao piano. — Venha, Elizabeth, vamos tocar "Willy Is Everything To Me".

Elizabeth objetou.

— Meus talentos ao piano são medíocres, como bem sabe — expôs com modéstia. — Prefiro não tocar na presença de pessoas acostumadas a ouvir os melhores músicos.

— Oh, Elizabeth, se você não tocar, serei obrigada a me autoflagelar — implorou Charlotte.

Relutante, Elizabeth sentou-se ao piano e começou a dedilhar as teclas com atenção.

— Eu não sabia que gostava de *tocar*, srta. Bennet.

Maldito perseguidor! De onde é que ele veio? Pois, aproximando-se do piano, com o olhar cinzento e duro a perfurar seus olhos como se tentasse escavar um túnel através deles, descendo por seu pescoço, passando pelo estômago e intestinos até chegar à vagina, estava ninguém menos do que Fitzwilliam Darcy.

— Eu também gosto de *tocar*. — Sua língua pareceu acariciar tais palavras. Elizabeth, de repente, sentiu-se agradecida por estar sentada ao piano, já que as pernas pareciam ter se transformado em água.

— Se importaria se tocássemos juntos, srta. Bennet? — O sr. Darcy alisou o lábio inferior com o longo indicador. Nossa, como aquele dedo era grande, deveria ter cerca de 25 centímetros. Os grandes olhos azuis de Elizabeth se arregalaram.

"Será que ele é todo grande assim?", perguntou-lhe a sádica interior com malícia. "Vamos, dê uma olhada nos pés dele. Você bem sabe o que dizem…"

Elizabeth olhou para baixo. Como não havia notado antes? Fitzwilliam Darcy tinha os maiores e mais largos pés que já vira na vida. Engoliu em seco, nervosa.

— Pensei em tocar "Bom-Dia, Linda Donzela". Conhece a letra, sr. Darcy?

Os lábios dele se curvaram em um sorriso.

— Oh, srta. Bennet, eu me *amarro* em muitas coisas, mas nunca nos costumes — murmurou ele. — Cantarei a minha própria versão. Comece!

Com dedos trêmulos, Elizabeth começou a tocar as primeiras notas da conhecida canção.

Cinquenta tons do sr. Darcy

"Bom-dia, linda donzela,
Para onde vais neste momento?"

A voz do sr. Darcy era grave e sensual, e a desconcertava sobremaneira. Ele seguira para trás do piano, posicionando-se bem atrás dela, que sentia a respiração quente acariciando-lhe a nuca.

"Para Gloucester, se te agrada.
Para minha irmã e seu casamento."

"Minha donzela, isso não me agrada,
Isso me irrita muito, muito mesmo.
Disse para ficar quieta em casa
E comer meio quilo de torresmo."

"Meu bom senhor, não levante a mão.
É verdade que deixei a comida intocada."
"Uma menina malvada, que decepção.
Agora tu deves levar uma palmada!"

Tap, tum, pou!
Três pancadas entregou.
Tap, tum, pou!
E a carne tremulou.

"Se ignorares minha intimação,
Por certo serás castigada.
Usarei meu chicote de equitação
E te deixarei toda assada!"
Tap, tum...

Foi naquele ponto dos acontecimentos que Elizabeth começou a sentir o corpo oscilar.

— Cuidado, senhor, ela é dada a desmaios! — gritou Sir William.

Em um instante, o sr. Darcy se abaixou e confortou o corpo frágil de Elizabeth em seus belos braços.

— Tragam sais de cheiro! — pediu Charlotte.

— Esqueça os sais — rosnou o sr. Darcy. Os olhos ardentes de preocupação não se afastavam dos de Elizabeth. — Essa jovem senhorita precisa de salsichas, muitas salsichas. E talvez um pouco de ovos e panquecas cobertas com mel.

Os empregados, imediatamente, começaram a correr de um lado para o outro enquanto o sr. Darcy enfiava, estranhamente, os longos indicadores sob as axilas de Elizabeth — *maldita transpiração, por que ainda não inventaram o desodorante?!* — Então, ele a levantou e a deitou gentilmente numa *chaise longue* próxima.

Cinquenta tons do sr. Darcy

— Vamos dar à srta. Bennet um tempo para se recompor — ordenou ele, afastando a multidão de amigos e conhecidos preocupados, e o aglomerado de empregados que se reuniram com a esperança de ver a calçola de Elizabeth.

— A senhorita nos deu um baita susto, srta. Bennet — sussurrou ele, colocando um cacho de cabelo da jovem para trás de sua orelha.

— Minha nossa! Não faço ideia do que possa ter acontecido — murmurou Elizabeth. O sr. Darcy a encarava de forma tão intensa que ela achou impossível olhar em seus olhos.

— Se soubesse que minha canção a chocaria tanto, não a teria cantado — prosseguiu o sr. Darcy, colocando outro cacho atrás da outra orelha de Elizabeth.

— Não, senhor, por favor, não pense que sua canção me ofendeu. Tratava-se apenas de uma... cantiga pouco comum.

— Oh, não é nada de mais. Eu a escrevi quando era apenas um menino em Picon.

— O senhor estudou em Picon? — perguntou Elizabeth, arregalando os olhos. Estava claro por que o sr. Darcy era daquele jeito. Na tabela anual da Liga das Escolas Públicas, Picon sempre liderava nos quesitos chicotada, intimidação, rúgbi *e* sodomia. Aquele tipo de educação certamente teria algum efeito nefasto sobre uma criança. De repente, imaginou Fitzwilliam Darcy na juventude, inocente, sendo forçado a escutar incontáveis piadas sujas e a sofrer abuso dos veteranos, tentando não chorar enquanto o superior lhe espancava repetidas vezes com uma régua...

— De fato. Meus pais teriam contratado um tutor, mas a amiga de minha mãe, sra. Catherine de Bruços, que tinha grande influência sobre ela, insistiu que eu fosse para Picon. — Ele juntou as mechas de cabelo de Lizzy atrás de sua cabeça, trançou-as e se reclinou para admirar o resultado.

— A senhorita é uma mulher encantadora, srta. Bennet — sussurrou ele. — Acho-a deveras fascinante.

Elizabeth corou até a raiz do cabelo agora presos em um penteado perfeito. "Hã... Olá-á?" intrometeu-se o radar gay. "Ninguém mais está pensando o mesmo que *eu?*"

Elizabeth, porém, não lhe deu a menor atenção. Aquele homem lindo e sensual estava fascinado por ela! E ela temia, contra toda a razão, se sentir igualmente atraída por ele.

— Creio que não teria desmaiado se tivesse se alimentado antes de vir, srta. Bennet — continuou o sr. Darcy. — Uma jovem dama deve se alimentar, pelo menos, cinco vezes ao dia.

— Eu raramente sinto fome, sr. Darcy. Mas agradeço a preocupação.

Os olhos de sr. Darcy escureceram.

— Pois deveria comer mais, srta. Bennet! Eu insisto!

Na mesma hora, o humor de Elizabeth mudou de desejo para irritação.

— O senhor *insiste*? É mesmo muito presunçoso, sr. Darcy. Nós somos meros conhecidos. Insistência é algo que reservo para as pessoas com quem possuo a mais profunda amizade.

Os olhos do sr. Darcy brilharam como uma caldeira fumegante.

— Não gosto de ser desafiado, srta. Bennet — murmurou ele em tom sombrio. — Se, de fato, a conhecesse de forma mais íntima, eu a deitaria de bruços no meu colo e lhe daria umas boas palmadas!

Boas *palmadas*? Agora Elizabeth sentiu-se tonta mais uma vez.

— Devo lembrá-lo, senhor, de que estamos na companhia de pessoas bastante refinadas. Falar em palmadas é tanto indecoroso como ofensivo. — Naquele momento, seus olhos azuis também brilhavam de humilhação e raiva.

O sr. Darcy a encarou por um longo momento. Franziu a testa, sua expressão era de aflição, como se estivesse dividido entre duas opções: sanduíche de queijo ou de atum, ou, quem sabe, entre orgulho e desejo.

De forma inesperada, ele se levantou e fez uma ligeira reverência.

— Até mais, baby — despediu-se ele de forma rígida e partiu.

"Sério, que cara escroto!", resmungou seu subconsciente.

Entretanto, naquela noite, Elizabeth sonhou com intensos olhos cinzentos, braços musculosos e pés enormes e fortes.

A vila de Longbourn ficava a menos de dois quilômetros de Meryton, uma distância conveniente para as duas irmãs Bennet mais jovens, que eram tentadas a ir para lá três ou quatro vezes por semana para visitar a chapelaria ou cuidar de várias incumbências a pedido da mãe e do padrasto. Lydia e Kitty se tornaram visitantes ainda mais frequentes, agora que um regimento do exército havia se estabelecido na vizinhança para o inverno, e até mesmo a sra. Bennet apreciava acompanhar as meninas para ter a oportunidade de lançar olhares para uma bela forma masculina, ainda mais atraente devido às calças bem ajustadas do uniforme militar.

Ocorreu que Elizabeth, certa manhã, apesar da leve garoa outonal, acompanhou as duas irmãs mais novas até a vila com o objetivo de comprar botões na venda e levar uma cesta de alimentos aos necessitados do local. Após certo tempo, Kitty e Lydia se distraíram com a visão de uma casaca vermelha.

— Oh, lá está o capitão Carter! — exclamou Lydia. — Veja, Kitty, ele acaba de sair do casebre da maior meretriz da cidade. Qual terá sido o motivo de sua visita a *ela*? Céus, vamos pará-lo e perguntar!

Assim, as irmãs se separaram e Elizabeth continuou caminhando sozinha, cruzando a vila com passos ligeiros, até que tropeçou, de forma vulnerável, porém com um toque de sensualidade, nos degraus da venda.

— Permita-me ajudá-la, srta. Bennet.

Ah, aquilo estava ficando insuportável! Pois, uma vez mais, lá estava ele, Fitzwilliam Darcy, a última pessoa que Elizabeth esperava encontrar em Meryton. Estava descabelado por causa da chuva, e os olhos cinzentos cintilavam em um tom prateado sob a luz melancólica daquela manhã. Ele estendeu a mão, deveras forte, para ajudá-la a se levantar. Relutante, Elizabeth permitiu que ele a erguesse. O sr. Darcy retirou um lenço do bolso para, delicadamente, libertar o lábio inferior de Elizabeth do dente que se enterrara ali.

— Preocupo-me com sua segurança, srta. Bennet — murmurou ele, limpando gentilmente o sangue no queixo de Elizabeth. — É evidente que não é saudável que a senhorita caminhe por aí sozinha. Providenciarei para que Taylor a acompanhe no futuro.

— Bom-dia, srta. Bennet. — De repente, a cabeça de Taylor apareceu detrás da gamela dos cavalos junto à venda. *Deus, ele está em toda parte!*

Elizabeth teria respondido que era perfeitamente capaz de caminhar pela vizinhança desacompanhada, mas sua boca, ainda dolorida e sob o olhar penetrante do sr. Darcy, sentiu-se, de alguma forma, incapaz de argumentar.

— Agora, srta. Bennet, devemos tirá-la dessa chuva. — Seus olhos analisaram o vestido e as roupas de baixo de Elizabeth. — Percebo que a senhorita está molhada.

— Agora, seu olhar percorria as curvas do corpo da moça.
— E eu estou duro...

Elizabeth sentiu o rosto e os seios corarem.

— Duro, sr. Darcy?

— De fato. Sr. Bingulin e eu participamos ontem de uma competição de arco e flecha. Temo que meu braço dolorido não aguente segurar essa porta por mais muito tempo. Entre...

Não sabia explicar o motivo, mas se sentiu impotente para resistir a tal pedido. Entrando na venda, fingiu concentrar-se, sacodindo os pingos de chuva do vestido enquanto tentava recuperar a compostura. *Maldito modelo de catálogo.* O sr. Darcy era o puro retrato do homem gostoso do início do século XIX. Usava camisa branca de linho recém-passada e aberta no colarinho e a calças cinza ajustada no quadril atraíam seu olhar.

— O que a traz a Meryton, srta. Bennet?

A voz baixa e sensual do sr. Darcy despertou Elizabeth de sua fantasia.

— Os necessitados, sr. Darcy. Trago comigo uma cesta de ovos para a Vovó Ovoleta, e um pouco de manteiga para o sargento Mantegário. Oh, e o sr. Fransexo pediu-me que eu trouxesse algumas roupas de baixo sujas.

— A senhorita visitará os pobres? — O sr. Darcy mostrou-se agradavelmente surpreso. — É admirável que uma jovem como a senhorita se importe com causas sociais. — Lançou-lhe um olhar de admiração, seus olhos acinzentados cintilavam sob os cachos acobreados. — Também estou envolvido em muitas causas beneficentes.

— Realmente, senhor, ouvi muito a respeito de sua generosidade.

— Então, talvez a senhorita saiba de meus planos para abrir um abrigo para mulheres adúlteras abandonadas aqui em Meryton.

— Isso é louvável. Mas será necessário encontrar um trabalho honesto para as moças em questão, caso contrário, elas poderão se sentir tentadas a seguir por caminhos imorais.

O sr. Darcy concordou com a cabeça.

— Eu pensei nisso, srta. Bennet. Planejo abrir uma taverna na vila, e as garotas trabalharão lá como atendentes.* Vou chamar o lugar de...

Ele fez uma pausa, e, por um momento, seus olhos febris pousaram sobre os seios firmes de Lizzy.

---

* No original, o autor usa a palavra *wenches*, que significa tanto criadas, empregadas, como meretrizes, prostitutas. (N.T.)

— ...Hooters.*

— Trata-se de um nome pouco comum, senhor.

— Nomearei em homenagem ao meu criado, sr. Hooter, que será o gerente do estabelecimento.

— Entendo — respondeu Elizabeth. — E o que o trouxe aqui, sr. Darcy?

— A Meryton?

— À venda. Nós, mulheres, não estamos acostumadas a ver cavalheiros interessados em enfeites e adornos.

O sr. Darcy olhou ao redor.

— Eu sempre venho aqui, srta. Bennet — respondeu ele, com um leve sorriso. — Existem muitos acessórios dos quais cavalheiros como eu necessitam para ocupações privadas. Veja isto. — Deslizando os compridos indicadores, ele mostrou uma fita de seda pendurada em um gancho na parede. — Isto pode ser útil.

— O senhor está preparando uma colagem, talvez? — inquiriu Elizabeth.

---

* Famosa rede de restaurantes norte-americana, na qual as mesas são servidas por jovens garçonetes com roupas sensuais e sobre patins. Sua logomarca é uma coruja com olhos que se assemelham a um par de seios e também formam as letras "o" do nome. Note-se, também, a similaridade no nome "Hooters" com "hookers", que significa prostitutas. (N.T.)

Os lábios do sr. Darcy curvaram-se em um meio sorriso.

— Não, não se trata de uma colagem, srta. Bennet — declarou ele.

— Talvez esteja adornando um par de cortinas?

Ele deu uma leve risada, como se tivesse se lembrado de uma piada.

— É verdade que eu aprecio um belo par de cortinas adornadas. — Seus olhos penetraram os dela, e, por um momento, a atmosfera entre eles parecia emitir um ruído de estática. *Será que alguém peidou?* — Sim, podemos dizer que eu esteja adornando algumas cortinas. Talvez a senhorita possa me ajudar na escolha do material.

Ele lhe ofereceu o braço e a conduziu a caminho da bancada, onde inúmeros enfeites, adereços e cortes de tecidos estavam expostos.

— Como posso ajudá-los, sr. Darcy, srta. Bennet? — perguntou o comerciante que claramente já conhecia o sr. Darcy, mas, apesar disso, os saudou com uma reverência humilde.

— Por favor, gostaria de um metro e vinte de sua melhor corda de cavalo — pediu o sr. Darcy. — E três metros de seu mais fino cordão para cortinas. Atente para o fato de que precisam ser resistentes.

Cinquenta tons do sr. Darcy

O olhar do sr. Darcy percorreu as prateleiras.

— Traga-me um pouco daquele tecido preto parecido com couro ali.

— Quanto, senhor?

— Oh, apenas o bastante para envolver, bem apertado, essa jovem senhorita aqui.

"Tecido preto e corda de cavalo? Aquelas seriam cortinas bem peculiares", pensou Elizabeth. Não havia como negar que o sr. Darcy possuía gostos incomuns.

— Mais alguma coisa, senhor? — perguntou o vendedor.

— Apenas esse laço de prender cortinas — respondeu o sr. Darcy, pegando um grande laço dourado franjado. Com um inesperado "hump!", ele golpeou com força a prateleira de madeira usando o laço. O balcão inteiro balançou violentamente, e, embora Elizabeth não soubesse explicar o porquê, o mesmo aconteceu dentro de sua calçola.

— Isso é tudo, senhor?

— Deixe-me ver... — Darcy estava, por um momento, absorto em seus pensamentos. — O senhor tem algum vibrador disponível?

O rosto de Elizabeth ruborizou-se. Ela baixou o olhar. Aquilo era intolerável. Por que o sr. Darcy sempre tentava levar as conversas para um lado tão rude? Por certo, para humilhá-la e envergonhá-la em todas as ocasiões? Como ele poderia ser tão desatento para com seus sentimentos?

"Você sabe a resposta", suspirou seu subconsciente.
— Ele estudou em escola pública.

Era verdade! Pobre sr. Darcy. Como ele poderia ser de outra maneira após ter sido exposto diariamente a tanta obscenidade e luxúria? Anos escutando piadas sobre pênis moldaram seu caráter e o transformaram em uma pessoa que sempre falava com duplo sentido e agia feito um maníaco sexual, que simplesmente não podia se deixar humilhar.

O vendedor pareceu congelado com o pedido do sr. Darcy.

— Não se preocupe, meu bom homem — disse o sr. Darcy, pegando uma haste de cortina com um pequeno adereço. — Isso servirá da mesma forma. Entregue tudo em Netherfield e coloque em minha conta.

Por fim, o vendedor recuperou a voz.

— Como desejar, sr. Darcy. Tenha um bom dia, senhor.

Devido à vergonha, Elizabeth dera as costas aos dois homens e estava agora a meio caminho da porta.

— Espere um momento, srta. Bennet — chamou o sr. Darcy. — Permita que Taylor a acompanhe de volta a Longbourn.

Ela se virou com raiva.

— Por favor, não se preocupe *comigo* — respondeu ela. — Sou perfeitamente capaz de providenciar a minha volta para casa em Meryton. O senhor pode me deixar por minha conta daqui por diante. Ficarei bem melhor sem suas contínuas tentativas de me importunar e de me envergonhar em todas as ocasiões em que temos o infortúnio de nos encontrar.

As palavras dela pareceram surtir um efeito dramático sobre o sr. Darcy. Seu leve sorriso se desfez naquele momento e sua cabeça não estava mais inclinada. Será que era imaginação dela ou o seu lábio inferior estremeceu e os olhos cinzentos encheram-se de lágrimas? De repente, ele parecia tão jovem, tão desamparado que Elizabeth soube que, se estivesse ao seu alcance, ela queria salvá-lo. Salvá-lo de sua vida libertina de plugues anais, algemas, chuvas douradas, introdução de punhos na vagina, chicotadas e sondas anais. E, no lugar daquilo tudo, introduzi-lo-ia no requintado mundo dos recortes de papel, coleção de conchas, passamanaria, bordado e recitais de espineta

— passatempos nobres que salvariam aquela alma degenerada. Mas por onde começar?

— Se não irá com Taylor, pelo menos leve meu cacete — pediu o sr. Darcy, oferendo sua clava. — Assim, se for surpreendida por agressores, não terá problema em se defender e espantá-los.

Os ombros de Elizabeth cederam. Ela se deu conta de que a caminhada que teria diante de si seria longa e dura. Mais ou menos como um pênis ereto. *Puta merda, agora ela também estava fazendo aquilo!* O sr. Darcy era realmente uma influência perigosa.

— Temos motivos para crer — informou o sr. Bennet à esposa durante o café da manhã — que haverá mais gente para o jantar desta noite além da nossa família.

— Quem seria, querido? Não sei de ninguém que esteja vindo — respondeu a sra. Bennet.

— A pessoa a quem me refiro nos é, ao mesmo tempo, conhecida e desconhecida.

— Vamos logo! — esbravejou a sra. Bennet sem paciência. — O senhor fala através de enigmas, o que não lhe é característico. Faça o favor e nos diga, de uma vez, quem é o convidado de quem fala.

— Esta manhã, recebi uma carta de meu primo, sr. Phil Collins, e ele planeja nos fazer uma visita nesta tarde.

— *O* Phil Collins? — surpreendeu-se a esposa. — Que tocava no Genesis?* E o herdeiro de Longbourn quando você morrer?

— O próprio! — respondeu o sr. Bennet. — Parece que ele acabou de se estabelecer em Hertfordshire e vem para Longbourn atrás de uma esposa.

— Uma de minhas garotas transando com Phil Collins! — exclamou a sra. Bennet. — Mas que ideia! Lady Lucas ficará cheia de inveja. Mas agora vamos, leia essa carta em voz alta, devemos todos escutar o que ele tem a dizer.

O sr. Bennet se obrigou a ler na mesma hora:

Caro Senhor,
Após minha ordenação, ocorrida na Páscoa, tive a sorte de receber a proteção da muito honrada Lady

---

* O personagem original de *Orgulho e preconceito* se chama William Collins, mas sempre é chamado de sr. Collins. Aqui, a autora decidiu brincar com o nome e chamar o personagem de Phil Collins, famoso músico britânico integrante da banda Genesis, com prolongada carreira solo e que, em 2011, decidiu se aposentar. (N.T.)

Catherine de Bruços, viúva do último Lord Chris de Bruços, cuja generosidade e caridade me escolheram para ocupar a valiosa reitoria desta paróquia. Não tenho dúvidas de que já ouviram falar de Lady Catherine, de sua competência, bondade e magnífica corpulência. Trata-se, certamente, de mulher deveras notável. Pode acreditar que ela exercerá forte influência sobre o senhor. Como ninguém jamais o fez. E, antes que perceba, estará de joelhos.

Mas eu divago. Desejo compensar suas filhas pelas circunstâncias que me fizeram ser o próximo herdeiro de Longbourn, e, com isso em mente, se o senhor não fizer objeção de me receber em sua casa, aguardo a satisfação de poder vê-lo e à sua família, na segunda, 18 de novembro, às quatro horas. Minha intenção, se agradar ao senhor, é escolher uma de suas filhas para que divida minha cama e, possivelmente, depois disso, aceite se casar comigo por um período de três a quatro anos, seguido por um amargo, porém vantajoso, divórcio. Isso talvez lhe pareça apressado, mas acredito que se *possa* apressar o amor,* apesar do que mamãe dizia.

Atenciosamente, Phil Collins

---

* Referência à música "You Can't Hurry Love". (N.T.)

— Ele me parece um rapaz muito consciencioso e educado — comentou a sra. Bennet. — Poderia ser pior, meninas, do que pegar um deus do rock vencedor do Grammy.

— Apesar de tudo, há algo particularmente pomposo em seu estilo — observou Elizabeth. — A maneira como ele trabalhou algumas de suas composições. E o respeito exagerado que parece nutrir por Lady Catherine. Pergunto-me que tipo de homem ele realmente é.

Elizabeth não precisou esperar muito pela resposta. O sr. Collins foi pontual e recebido com muita cortesia por toda a família. Era um homem baixo e calvo de cerca de sessenta anos, de comportamento formal e olhos pequenos e brilhantes. Mal se sentara e já começou a elogiar a sra. Bennet por ter filhas tão delicadas. Confessou achar impossível escolher entre elas, visto que cada uma possuía as próprias qualidades.

— Minha Jane, por certo, é a mais bela de todas — observou a sra. Bennet. — Esses belos cachos louros! E caminhar perfeito! Mas ai de mim! Ela já é praticamente noiva do sr. Elliot Bingulin, de Netherfield.

— E quanto àquela outra, de olhos límpidos demais? — inquiriu o sr. Collins, indicando Elizabeth, que se contorcia no chão, próximo à lareira, tentando enfiar, à força, sua cabeleira rebelde dentro de um chapéu.

A sra. Bennet, cuja segunda filha lhe era a menos favorita, não conteve a alegria.

— Pois *aí* está uma escolha adequada, sr. Collins! Minha Lizzy não há de se importar com o fato de o senhor já ter se casado três vezes antes, nem de que dizem por aí que o senhor considera o casamento algo difícil — disse ela de maneira séria.

— É claro que preciso me assegurar de que Lady Catherine de Bruços aprova minha escolha — informou o sr. Collins. — Afinal, ela não é muito afeita a ligações românticas.

— Por que não, sr. Collins? — perguntou a sra. Bennet, que imaginava todas as viúvas como ninfomaníacas famintas por sexo.

— Depois que o falecido Lord Chris de Bruços teve um caso com a filha da governanta, ela se voltou contra qualquer tipo de romance. Sei que é deveras inflexível quanto ao afilhado, sr. Fitzwilliam, não se casar.

— Felizmente, ele parece concordar com tal pensamento — interrompeu Elizabeth, que ouviu as últimas palavras do discurso. — O amor não parece ser um de seus interesses.

— Então, ele é muito diferente de mim — proferiu Lydia em voz alta, sentando-se no colo do sr. Collins. — *Eu* não penso em outra coisa.

— Tenha vergonha, Lydia, e não pague mico — reprovou Mary, entre os dentes.

— Por quê? Philip não se incomoda! — declarou Lydia, alisando a careca de sr. Collins com carinho. — Agora, Phil, nos conte mais sobre como o senhor ficou louco em Acapulco.*

O sr. Collins declarou sua intenção de permanecer durante a semana, e, no café da manhã do dia seguinte, as irmãs regalaram-se com as histórias da época em que ele morava na Suíça.

Lydia manifestou o desejo de caminhar até Meryton, e todas as irmãs concordaram em acompanhá-la. O sr. Collins insistiu em se juntar a elas porque podia "sentir

---

* "Loco in Acapulco" é uma canção composta por Phil Collins que fala sobre festas e diversões na cidade praiana mexicana de Acapulco. (N.T.)

algo chegando naquela noite"* e se preocupava com a segurança das garotas.

Entre pomposas nulidades de sua parte e concessões educadas das primas, o tempo passou, até que chegaram a Meryton. Lydia e Kitty imediatamente começaram a procurar por soldados, e sua atenção foi despertada por um rapaz de aparência muito distinta que nunca tinham visto. Após apurarem, descobriram se tratar do sr. Thomas Turband, um oficial recente do Exército.

Thomas era alto, de estrutura robusta, com dois brincos de argola prateados brilhando nas orelhas e impenetráveis olhos de um tom profundo de azul. Elizabeth não conseguiu evitar comparar o cabelo vermelho do oficial, preso num rabo de cavalo, com os despreocupados cachos acobreados do sr. Darcy. E também não pôde evitar tentar falar "cachos cor de cobre" vinte vezes, bem rápido. Era surpreendentemente difícil.

Foram feitas as devidas apresentações e, logo, o grupo inteiro estava envolvido em uma agradável conversa, quando se ouviu o som de cascos de cavalos se aproximando, e o sr. Bingulin e o sr. Darcy foram vistos

---

* Mais uma referência a uma música de Phil Collins, desta vez "In The Air Tonight". (N.T.)

descendo a rua. O sr. Darcy, montado em uma bela égua alazã, dignou-se a cumprimentar a companhia militar com um aceno, mas foi detido de imediato ao avistar o estranho, e Elizabeth ficou assombrada com o efeito de tal encontro. Observando o semblante de ambos os cavalheiros, percebeu que os olhos do sr. Darcy escureceram-se e seu maxilar ficou rígido, enquanto Thomas Turband empalideceu na hora. Após uma pausa, Thomas tocou a aba do chapéu, saudação que o sr. Darcy respondeu mostrando-lhe o dedo médio e balbuciando a palavra "cuzão".

Qual podia ser o sentido daquilo?, perguntou-se Elizabeth. *Haveria alguma inimizade entre os dois cavalheiros?*

Sem mais palavras, o sr. Darcy deu a volta com seu cavalo e galopou rua abaixo, pelo caminho por onde havia chegado. O sr. Bingulin parecia irritado.

— Eu *disse* a ele para esvaziar a bexiga antes de sairmos — reclamou ele.

O sr. Thomas, todavia, não demorou a se recompor e manifestou sua intenção de acompanhar as jovens até a loja de chapéus.

— O exército é apenas um hobby para mim — confidenciou o rapaz a Elizabeth enquanto caminhavam juntos. — Meu verdadeiro interesse está nos livros.

— Ama a leitura, sr. Thomas Turband? — perguntou ela. — Pois, eu também! Diga-me, quais são seus autores favoritos?

— Realmente a leitura é uma paixão para mim, srta. Bennet — respondeu ele. — Mas os livros como *negócio* é o que me atrai. Possuo uma pequena editora independente, a Thomas Turband Empreendimentos. Publicamos os *Guias Thomas Turband do Esporte*.

— Oh, mas temos em casa o *Guia Thomas Turband para Jogadores de Críquete*! — exclamou Elizabeth. — É fascinante saber que agora conheço o senhor em pessoa!

Ela refletiu por um momento.

— Sempre imaginei que, se eu nascesse em tempos futuros, quando garotas recebessem uma educação tão rigorosa quanto à dos homens, eu procuraria um emprego na mesma área que a sua.

— A senhorita desejaria ser uma editora executiva?

— Uma revisora de textos, talvez, ou, quem sabe, agente literária.

Os olhos de Thomas se iluminaram.

— Talvez a senhorita possa considerar fazer algumas revisões de texto para mim.

Elizabeth sorriu.

— Eu não poderia *trabalhar* para ganhar a vida, sr. Turband. Já estou extremamente ocupada andando pela sala de estar, pregando flores prensadas no meu caderno de colagens e bordando fronhas. — Mas, ainda assim, ela não era tão desprovida de orgulho a ponto de negar que aquela proposta de trabalho lhe agradara. A ideia de ocupar a mente com algo diferente das atividades domésticas estimulou sua vaidade, e, por breve instante, Elizabeth se permitiu acolher aquele pensamento tentador.

Continuaram conversando até chegar a Meryton, conversaram sobre futuros recitais e outras bobagens, embora não tivesse esperança de que ele fosse contar o que ela mais queria saber: a história de sua relação com o sr. Darcy. A curiosidade dela, contudo, foi inesperadamente satisfeita quando o próprio sr. Thomas Turband começou o assunto.

— Creio que temos um conhecido em comum. Aquele que mora em Netherfield.

— O senhor se refere ao sr. Darcy?

— Ele mesmo. Não podemos ser chamados de amigos. Tempos atrás, ele se aproveitou de mim de maneira hostil.

O assunto logo despertou o interesse de Elizabeth.

— Não posso ficar na companhia do sr. Darcy sem angustiar-me por milhares de lembranças dolorosas — continuou Thomas. — Nós crescemos na mesma casa. Meu pai gerenciava Pembaley, e o sr. Darcy e eu éramos companheiros de infância, embora eu creia que já naquela época ele não gostasse de mim. Depois, estudamos juntos em Picon. Eu tinha uma ursinha de pelúcia que amava muito, sra. Picles era o nome dela. Foi o próprio pai do sr. Darcy quem me presenteou com tal brinquedo, o melhor homem que já viveu neste mundo. Como eu amava a sra. Picles! Eu a carregava para onde quer que fosse.

Elizabeth franziu as sobrancelhas.

— Queira me perdoar, sr. Turband, por interromper sua história, mas creio que ursos de pelúcia ainda não foram inventados.

— Trata-se de um anacronismo deliberado, srta. Bennet — informou ele. — Provavelmente, devido à preguiça por parte da autora. Podemos apenas encobrir esse fato?

— Mas é claro. Por favor, prossiga.

— Certo dia, acordei, e a sra. Picles não estava ao meu lado, como sempre. Ela havia desaparecido. Eu a procurei em vão! A sra. Picles havia sumido de verdade, e

— Essa Lady Catherine... — Elizabeth se esforçou para encontrar as palavras adequadas. — Como ela é? Alta ou baixa? Gorda ou magra? Como ela é comparada, por exemplo, a mim?

Thomas deu uma rápida olhadela na compleição modesta de Elizabeth e deu de ombros.

— Diria que ela, definitivamente, possui seios mais fartos.

Elizabeth contou a Jane, no dia seguinte, o que se passara entre ela e o sr. Thomas Turband. Jane ouviu perplexa e preocupada — não conseguia acreditar que o sr. Darcy pudesse ser tão indigno da amizade do sr. Bingulin. A possibilidade de Thomas ter, de fato, suportado tamanho tormento era o bastante para despertar todos os seus sentimentos mais ternos.

A conversa das irmãs foi interrompida pela chegada de Curraline Bingulin, que as convidou para mais um baile de arromba em Netherfield. Isso permitiu à sra. Bennet ampla oportunidade de fazer ainda mais trocadilhos envolvendo partes íntimas arrombadas, e a semana passou rápido em um turbilhão de piadas de mau gosto,

— É algo natural, Thomas — comentou Elizabeth. — E o senhor não tem o que temer no que se refere à minha pessoa. Ele não é bem-vindo em Longbourn e, por certo, será bastante difícil o senhor encontrá-lo quando for nos visitar. Algo que, sinceramente, espero que o faça.

Thomas sorriu.

— Fico grato, srta. Bennet. Agora, chega de falarmos do sr. Darcy e de seus vícios abomináveis. Meu único consolo é que nenhuma mulher sofrerá o que sra. Picles sofreu, já que o sr. Darcy nunca se casará.

— Como pode ter tanta certeza?

— Lady Catherine de Bruços o proibiu, e, por razões misteriosas, o sr. Darcy nunca a desafia.

— Ela possui alguma influência sobre ele então? — perguntou Elizabeth, intrigada. Não podia imaginar como um homem orgulhoso tal qual o sr. Darcy pudesse aceitar ordens de uma mera mulher.

— De fato, é o que parece. Ela o conhece desde que ele era um menino. É possível, suponho, que ele tenha algum afeto por ela. Ela é, apesar de tudo, uma mulher muito bonita.

"*Cadela devassa!*", resmungou a sádica interior, de forma bem deselegante.

sobre meu amado ursinho. A sra. Picles era mantida em uma masmorra sexual provisória embaixo da cama do sr. Darcy, sendo castigada e humilhada diariamente. Não havia nada que eu pudesse fazer para salvá-la.

— Meu Deus! — exclamou Elizabeth. — Como isso pôde ser negligenciado? Por que não buscou uma reparação legal?

— Sou um homem honrado, srta. Bennet — declarou Thomas com tristeza. — Nunca faria nada com a intenção de manchar a memória do falecido pai do sr. Darcy, por quem tenho grande estima. Agradeço a Deus por ele estar morto e enterrado, e não saber da vergonha que seu filho pervertido trouxe ao nome da família.

— Não imaginava que o sr. Darcy fosse tão ruim — confessou Elizabeth. — Embora deva admitir que o acho tarado de forma perturbadora e extrema. Imaginava que ele tentasse penetrar qualquer coisa com o pulso, e talvez até nutrisse certos desejos sexuais por melões, tortas de creme, almofadas, e, talvez, até utensílios de jardim, mas brinquedos fofos? Nunca! Isso ultrapassa todos os limites da perversidade!

— Compreende agora, srta. Bennet, por que ele e eu preferimos nos evitar?

eu não conseguia conter as lágrimas. Como pode ver, eu era um menino sensível.

— Quantos anos tinha, que mal lhe pergunte? — quis saber Elizabeth.

— Eu tinha apenas quinze anos.

Elizabeth estava profundamente tocada. A perda de um ursinho para alguém tão jovem! Com certeza isso feriu sua personalidade de maneira irreparável.

— Depois de um longo tempo — continuou Thomas — foi descoberta a localização de sra. Picles. Aparentemente, Fitzwilliam Darcy a pegara. — Thomas secou uma lágrima de forma discreta.

— Mas quais poderiam ter sido os motivos dele? — perguntou ela, após uma pausa.

— Os prazeres da carne, srta. Bennet. Ou, nesse caso, da pelúcia. Ele amarrou a sra. Picles no dossel da cama e a chicoteou e a usou de maneiras tão sórdidas que não é adequado descrevê-las diante de uma jovem dama.

Elizabeth soltou um suspiro. Como o sr. Darcy poderia ser tão cruel? Tratar um brinquedo tão fofo daquela maneira era monstruoso demais!

— O sr. Darcy declarou que sra. Picles era sua "submissa" e usou sua posição elevada e conexões para garantir que, depois disso, eu não possuiria mais nenhum direito compra de vestidos e sapatos de dança para todas as irmãs Bennet, exceto para Mary, que insistia que esses "bailes de arromba" eram sofríveis, quentes e pegajosos. Em vez disso, ela declarou que ficaria em casa aperfeiçoando o dedilhado com seu professor de música, o sr. Raboquisto.

Quando, finalmente, Elizabeth penetrou o salão do baile em Netherfield, procurou em vão por Thomas entre o grupo de fraques vermelhos que estava reunido. Suspeitou que ele intencionalmente não tivesse sido convidado pelos Bingulin para satisfazer os desejos do sr. Darcy. Lydia, que já havia conversado com metade dos soldados presentes, pouco depois, noticiou que Thomas estava lavando o cabelo justamente naquela noite, e que, por aquele motivo, não poderia comparecer.

"Não creio que ele tenha escolhido justo hoje para cuidar de sua higiene, mas, sim, que preferiu evitar certo cavalheiro aqui presente", pensou Elizabeth.

Ela mesma se vestira com mais capricho que de costume, pegando emprestado o vestido de seda cor de ameixa de Jane, que acentuava sua silhueta esbelta e flexível. O sr. Collins não deixou de notar esse detalhe e expressou que ela estava quase tão sexy quanto sua estimada Lady Catherine de Bruços. Então, garantiu as duas primeiras danças com Elizabeth, que para ela foram momentos de agonia e aflição. O sr. Collins, mostrou pouco ritmo e costumava se mover para o lado errado sem ao menos perceber, o que era surpreendente, especialmente em se tratando do baterista do Genesis. O momento em que Elizabeth se livrou dele foi de êxtase total.

Ao encontrar Charlotte Lucas no laranjal fumando um cigarro escondida, acreditou que havia conseguido tanto um refúgio das atenções do primo de seu pai quanto uma simpática ouvinte.

— Oh, Charlotte... — suspirou ela. — Estou começando a pensar que sou eu a escolhida entre minhas irmãs para ser amante de Phil Collins.

— Isso seria assim tão desagradável, Lizzy? — perguntou Charlotte, sensata. — O sr. Collins possui uma boa fortuna e, com seu vasto catálogo musical, por certo ainda receberá muito dinheiro de direitos autorais por muitos e muitos anos.

— Temo que isso não seja o bastante para superar minha aversão à sua companhia. Acho-o tanto tolo quanto cansativo. Se eu tiver de escutar mais uma vez sua coletânea do Montreux Music Festival de 1984, juro que minha cabeça vai explodir.

Charlotte sorriu.

— Você é muito dura, Lizzy. Eu o acho muito atraente.

— Você me surpreende, Charlotte! Pensei que fosse mais sagaz.

— Pelo menos você está atraindo *alguma* atenção masculina, mesmo que não seja bem-vinda — reagiu Charlotte. — Eu tive de dançar com um arbusto nas últimas duas horas. De todo modo, dê uma olhada embaixo de minhas anáguas. Deve haver uma garrafa de tequila em algum lugar.

Os planos das jovens damas de ficar completamente chapadas foram frustrados pelo sr. Collins, que estava espionando Elizabeth explorar as roupas de baixo da amiga e logo se pôs a caminho do laranjal para se juntar a elas.

— Descobri — disse ele — por um acidente peculiar que aqui neste salão está um parente próximo de minha protetora, Lady Catherine de Bruços. Que maravilha que ocorra uma coisa dessas! Vou lhe prestar agora meus respeitos, acreditando que ele me perdoará por não haver me apresentado antes.

— O senhor não está indo se apresentar ao sr. Fitzwilliam Darcy, não é? — perguntou Elizabeth.

— Bem, sim. Ele é afilhado de Lady Catherine?

Elizabeth esforçou-se para dissuadi-lo de tal plano, garantindo-lhe que o sr. Darcy consideraria sua abordagem trajando uma camisa com a frase "Genesis Reunion World Tour" mais como uma impertinência do que como um cumprimento à sua madrinha.

— Ele é um homem orgulhoso e grande defensor de formalidades e roupas apropriadas — advertiu Elizabeth. — Pelo menos, vista seu fraque.

— Não se aflija, querida prima — assegurou o sr. Collins. — Fiz um estudo desses assuntos de etiqueta e, quando um pastor, como eu, se dirige à nobreza inferior, não há necessidade de paletó.

Com aquilo, atravessou o salão em direção à lareira, onde o sr. Darcy mexia nos carvões com a pá.

Envergonhada demais para testemunhar tal desdobramento, que, sem dúvida, terminaria com o sr. Collins humilhado e, consequentemente, ela própria, Elizabeth contentou-se em observar Jane e o sr. Bingulin. A felicidade e a tranquilidade de ambos na companhia um do outro era bastante evidente, e Elizabeth se permitiu imaginar Jane estabelecida naquela mesma casa, com toda a felicidade que um casamento por genuína afeição poderia propiciar. Os pensamentos da mãe, como constatou, inclinavam-se no mesmo sentido, e a sra. Bennet se aproximou de Elizabeth e disse com muita animação:

— Está indo tudo muito bem para sua irmã, não está? Veja como o sr. Bingulin repousa a mão em seu traseiro!

Elizabeth bem tentou moderar as palavras da mãe e convencê-la a descrever a cena em um sussurro menos audível, pois, para seu inexprimível embaraço, percebeu que a conversa fora entreouvida pelo sr. Darcy, que se afastara do sr. Collins na primeira oportunidade e, naquele momento, organizava por cor as frutas em uma fruteira.

— Por certo que não temo emitir minhas opiniões na frente dele — irritou-se a mãe. — Só porque ele ganha dez mil libras por ano! Atrevo-me a dizer que ele nos acha um bando de caipiras rudes, mas ele não teria esse ar de tanta superioridade se soubesse que, mais cedo, quando ele não estava olhando, eu urinei em sua taça de vinho tinto.

Olhando para os lados, Elizabeth se deu conta de que o sr. Darcy não estava olhando para sua mãe. Na verdade, os olhos cinzentos ardentes pareciam treinados para segui-la por onde quer que fosse e acompanhar mesmo o menor dos movimentos de cada curva de seu corpo. Ela se contorceu sob o escrutínio. Talvez fosse a análise persistente do sr. Darcy, talvez o calor da sala, o esforço da dança ou as muitas doses de tequila, mas Elizabeth começou a se sentir tonta.

— Preciso ir até a varanda tomar um pouco de ar fresco — declarou ela para a mãe e, abrindo as portas, lançou-se no ar claro e frio da noite.

— Srta. Elizabeth, não se sente bem?

O sr. Collins apareceu ao seu lado, vindo não sabia de onde, e seus olhos pequenos e brilhantes não se afastavam dos dela.

— Poderia ajudá-la de alguma forma? Trazer-lhe um pouco de água, talvez?

Elizabeth pegou algumas mechas que se soltaram do seu coque e as colocou atrás das orelhas.

— Por favor, não precisa se incomodar, sr. Collins. Trata-se apenas de uma fraqueza momentânea. Isso é tudo.

O sr. Collins lançou-se para a frente e pousou as mãos em sua cintura. Suas mãos de baterista eram surpreendentemente fortes.

— Sr. Collins! O que o senhor está fazendo?

— Oh, Elizabeth... — Ele ficou na ponta dos pés e tentou plantar um beijo em seu rosto.

— Não, por favor, não faça isto! — protestou Elizabeth. — Pare já, eu imploro...

— Poderíamos fazer um amor delicioso,* Elizabeth — sussurrou o sr. Collins ao pé de seu ouvido. — Permita que a beije...

— Creio que a senhorita disse não!

Santo herói! O sr. Darcy estava na porta da varanda, e seu físico alto e musculoso praticamente bloqueava a luz que vinha do salão do baile. Sua expressão traía o tumulto de sentimentos: raiva, paixão, indigestão.

— Sr. Darcy! — exclamou o sr. Collins ao soltar Elizabeth no mesmo instante. — A srta. Bennet não estava se sentindo bem e eu lhe prestava socorro.

A voz do sr. Darcy estava controlada.

— Se a srta. Bennet necessita de socorro, devo ser eu a socorrê-la!

— Não preciso ser socorrida em absoluto. Tudo de que preciso é um pouco de ar puro — declarou Elizabeth, exasperada, inclinando-se sobre um arbusto. Tinha a nítida sensação de que iria vomitar. — Por favor, rogo a ambos que me deixem sozinha. Logo terei me recuperado.

— O senhor ouviu a senhorita — disse o sr. Darcy em tom imperativo.

---

* Menção à música de Phil Collins "A Groovy Kind of Love". (N.T.)

— Como desejar, madame — disse o sr. Collins que, depois de uma ligeira reverência e um olhar de soslaio para Elizabeth, voltou para o salão.

O sr. Darcy caminhou até Elizabeth e agarrou seu traseiro.

— A senhorita está bem, srta. Bennet? — perguntou ele com olhos ansiosos e brilhando de preocupação.

— Estou bem, sr. Darcy. Obrigada — murmurou Elizabeth, com voz fraca. Naquele momento, porém, para sua total humilhação e horror, foi atingida por um ataque repentino de náusea e vomitou sobre as botas de couro de bezerro do sr. Darcy. Ainda inclinada para a frente, estava consciente de que o sr. Darcy segurava seu cabelo com grande carinho. Então, quando se ergueu, percebeu que ele os havia trançado com habilidade.

— Ooooh, assim está bem melhor — anunciou ele, batendo palmas.

— Você fez um rabo de cavalo!

Olhando para o semblante pálido de Elizabeth, inclinou a cabeça para um lado.

— Sim... rabo... o que faremos a seu respeito, srta. Bennet? — sorriu ele. — A senhorita não está acostumada com bebida alcoólica. Imagino que não tenha comido antes de vir até aqui esta noite, não é? Posso lhe oferecer um canapé?

Cinquenta tons do sr. Darcy

— Não preciso comer nada — impacientou-se Elizabeth.

Qual era o problema dele com comida?

— Por favor, não me desafie, srta. Bennet! — ordenou o sr. Darcy. — Meu Deus, a senhorita não faz ideia do que isso faz comigo...

Tomado por uma subida agitação, ele andou de um lado para o outro na varanda com os punhos cerrados ao lado do corpo. Depois de um minuto, virou-se para ela e murmurou:

— A senhorita imagina o que senti quando a vi nos braços de Phil Collins?

Elizabeth foi pega de surpresa e corou na hora.

— Pare de colorir e olhe para mim! — exclamou o sr. Darcy em tom de comando.

Elizabeth deixou as cores de lado e, hesitante, ergueu o olhar até encontrar os olhos frios e penetrantes do sr. Darcy.

— A senhorita não faz ideia do efeito que tem sobre mim, srta. Bennet — disse o sr. Darcy, passando as mãos pelo cabelo acobreado. — A senhorita desperta algo em mim. Algo profundo aqui dentro.*

---

* Menção a música "Something Deep Inside", cantado por Billie Piper.

— Oh, por favor — gemeu Elizabeth. — Já tive a minha cota de letras de música.

O sr. Darcy pareceu se recompor. Seu rosto relaxou, e ele se empertigou e ofereceu-lhe a mão.

— Venha — ordenou ele. — Dance comigo.

Elizabeth olhou para aqueles olhos cinzentos, cheios de promessas eróticas e desejos sombrios.

— O senhor ainda tem vômito nas botas — arfou ela.

Com um movimento sexy de cada tornozelo, o sr. Darcy sacodiu os pés e retirou os restos de cenoura vomitada das botas. Como ele era habilidoso!

Elizabeth sentiu os olhos de todos os presentes sobre ela, enquanto o sr. Darcy a levava de volta ao salão do baile. O violinista começara a tocar uma canção animada, e ele fez uma mesura e seus lábios se abriram em um meio sorriso divertido.

— Vamos gingar, srta. Bennet?

Embora Elizabeth tivesse toda a intenção de declinar e voltar para a segurança da varanda, sentia-se inexoravelmente atraída por ele, como um ratinho atraído para uma ratoeira por um pedaço de queijo. Para que perigos seu desejo por aquele pedaço de queijo a levaria?

Fazendo uma breve reverência, tomou a mão do sr. Darcy e permitiu que ele a conduzisse pelo salão. "Ele dança tão bem!", pensou Elizabeth, enquanto o sr. Darcy executava um florete.

A cabeça ainda girava por causa da bebedeira de tequila, e Elizabeth logo se perdeu na música hipnótica. O sr. Darcy dançava sensualmente ao ritmo da música, movendo os quadris de forma sinuosa e pressionando o corpo contra o de Elizabeth e depois se afastando — provocando-a e atormentando-a até que ela desejasse mais. À medida que a música atingia um crescendo, ele a girava pelo salão de dança e deu dois chutes altos, seguidos por um maxixe para, então, pousar, com um grito agudo, em um espacate.

"Não diga nada", sussurrou ela para seu radar gay.

O sr. Darcy se ergueu lentamente do chão e abriu caminho na multidão até chegar ao lado de Elizabeth, sempre sem afastar os olhos dela. Ela sentia o odor, que agora lhe era familiar, de couro flutuando pela pista da dança enquanto ele se movia. Seus órgãos internos deram um salto mortal e seus rins acabaram por se alojar sob a bexiga. Não havia como negar a poderosa atração que sentia por ele. "Dançando, andando, conversando — será que há algo que o sr. Darcy não faça de forma sensual?", perguntou-se ela.

— A senhorita parece pálida, srta. Bennet — declarou ele com a voz ansiosa. — Será que está passando mal de novo? — Ele a levou até uma cadeira. — Espere aqui. Vou trazer-lhe alguns canapés. Antes que ela pudesse dizer qualquer coisa, ele partiu, caminhando de forma decidida por entre os casais na pista de dança, enquanto estes tentavam organizar uma quadrilha, espalhando-se de um lado para o outro, quando alguém, por acidente, chutou Curraline Bingulin na canela no momento em que gritaram "olha a cobra!". "Nossa, ele é sexy até para pegar um petisco", pensou Elizabeth.

Naquele momento, foi distraída pelo som de risinhos vindo de baixo de uma mesa de apoio à sua direita. Curiosa, levantou a toalha floral de musselina e espiou. Na escuridão, conseguiu ver duas figuras, obviamente um homem e uma mulher, entrelaçadas.

— Ora, que estão fazendo aí? — inquiriu ela. As duas figuras se afastaram imediatamente. Elizabeth olhou, com espanto, enquanto a jovem dama ajustava os botões do vestido.

Seu companheiro estava rubro.

— Srta. Bennet! — exclamou o sr. Collins, acenando de forma grave.

— E Charlotte? — arfou Elizabeth. — É você?

Charlotte Lucas, pois realmente era ela, ergueu o olhar para Elizabeth com um sorriso que iluminou suas feições de batata.

— Vocês perderam alguma coisa? — perguntou Elizabeth, incerta quanto à razão de o primo de seu padrasto e sua melhor amiga estarem se arrastando sob uma mesa como ratos de cozinha.

— Na verdade, eu perdi, sim, Elizabeth — respondeu Charlotte com um sorriso triunfante. — Meu cabaço.

Ser deflorada por Phil Collins embaixo da mesa em uma festa! Aquelas eram notícias bastante inoportunas. Em que Charlotte estava pensando?

— Charlotte! Confesso que estou chocada! Nunca poderia imaginar que perderia sua virgindade tão facilmente.

— Oh, caia na real, Elizabeth — suspirou Charlotte. — É fácil para você dizer. Você é linda. Eu, por outro lado, pareço a traseira de uma carruagem. Nós duas sabemos que tive sorte de poder me livrar dela.

O pobre sr. Collins estava agora da cor do vestido de Elizabeth.

— Por favor... Esta situação é deveras rude. Eu me aproveitei da hospitalidade do sr. Bingulin de forma indecorosa. Perdoem-me, senhoritas... — Ele tentou se levantar, mas acabou batendo a careca na quina da mesa.

— Mas, Charlotte, você pensou nas consequências de seu ato? — perguntou Elizabeth, com paixão. — E se você engravidar?

O sr. Collins ficou ainda mais roxo.

— Por favor, esteja certa de que não precisa se preocupar quanto a isso — murmurou ele, com os olhos pregados no chão. — Errei de buraco.

Elizabeth não estava bem certa se devia se sentir insultada ou divertida. Nem uma hora antes, o sr. Collins lhe fizera declarações de amor, professando a força de sua afeição em termos bastante diretos. Ainda assim, ali estava ele se dando bem com Charlotte Lucas embaixo da mesa.

Não sentiu ciúmes, porém, apenas alívio. Se o sr. Collins realmente transferira seu carinho para Charlotte, ela não teria mais de avaliar a possibilidade de se tornar sua amante.

Ouviu passos se aproximando atrás de si e rapidamente arrumou a toalha de mesa, ansiosa por manter a desgraça da amiga em segredo pelo menos por mais alguns momentos.

Uma voz rouca e familiar sussurrou:

— Petisquinho?

Ela se virou e, uma vez mais, foi presa ao olhar hipnótico do sr. Fitzwilliam Darcy.

— Se o senhor deseja me humilhar ao me chamar por um apelido — declarou ela, com o que esperava ser um tom arrogante —, gostaria que escolhesse qualquer outro, exceto este.

O sr. Darcy pareceu se divertir. Seus olhos cinzentos dançaram de alegria enquanto segurava um prato com quibes, rissoles e bolinhas de queijo.

— Eu me referia a estes petisquinhos, srta. Bennet. — Ele parecia orgulhoso, tão satisfeito consigo mesmo, que Elizabeth, uma vez mais, foi tomada de raiva.

— Qual é o seu problema com comida? — explodiu ela, por fim, fazendo os seios saltarem. *Maldito espartilho barato. Ele é ridiculamente frágil!* Corando, ela colocou os seios de volta no lugar.

— Qual é o seu problema com comida? — repetiu ela, sem explodir.

— Não me pergunte isso, srta. Bennet.

— Eu acabei de fazê-lo.

— Creia em mim quando digo que não deseja saber a resposta.

— Mas eu desejo. Por isso eu perguntei.

Os olhos cinzentos do sr. Darcy perderam todo o calor e escureceram como o mar mais negro. As palmas das mãos começaram a coçar como se tivessem vida própria. "O que passa por sua cabeça?", perguntou-se Elizabeth. "Qual dos tons de sua personalidade tenho diante de mim neste momento?" De repente, a mão do sr. Darcy se ergueu no ar, pairou ali por um instante tentador e, então, desceu — tum! — sobre a bolsinha de Elizabeth, cheia, onde ela guardara muitos de seus pertences e escondia alguns dos salgadinhos oferecidos pelo sr. Darcy.

Todo o seu corpo estremeceu de medo e de vergonha.

— É isso que merece por me desafiar! — rosnou o sr. Darcy e, com aquilo, virou-se e partiu sem olhar para trás.

Elizabeth não conseguiu falar, tão afetada se sentia pelos eventos. Suas pernas pareciam fracas e, usando as mãos para se equilibrar, afundou-se na cadeira.

— Graças a Deus eu trouxe minha bolsinha comigo esta noite. Caso contrário, aquela palmada desceria sobre outro lugar...

Cinquenta tons do sr. Darcy

Assim ficou decidido. Charlotte se casaria com Phil Collins. O acordo seria findo em alguns anos, quando o sr. Collins encontrasse alguém mais jovem e mais bonita e, como parte do acordo, Charlotte receberia Hunsford Priory.

Elizabeth achou difícil se resignar com a ideia de um casal tão incongruente. E tinha plena convicção de que era impossível que a amiga fosse feliz sendo tocada dia e noite por Phil Collins.

— Mas não como você, Elizabeth — declarou Charlotte. — Não tenho a vantagem de ser bonita e inteligente como você. Eu só preciso sair de Meryton. Nada acontece por aqui.

— E você acredita que ir para a cama com o sr. Collins é preço pequeno a se pagar?

— Eu transaria com o príncipe regente se necessário fosse.

Charlotte não se deixou influenciar. Então, Elizabeth esforçou-se sobremaneira para se resignar àquele casamento. A partida de Charlotte para Hunsford era iminente, pois o sr. Collins encontrava-se ansioso por apresentar a esposa à Lady Catherine de Bruços. Diante da perspectiva de perder a melhor amiga, Elizabeth se voltou cada vez mais para Jane.

A felicidade da irmã era causa de grande ansiedade para Elizabeth, que notara que o sr. Bingulin as visitara apenas uma vez na semana posterior ao baile. E agora receberam a notícia de que ele se ausentaria de Longbourn por mais uma semana, tendo partido para Londres a negócios em companhia do sr. Darcy — para grande alívio de Elizabeth.

— Você não se mostrou o suficiente, Jane! — exclamou a sra. Bennet, repreendendo veementemente a filha. — Cavalheiros gostam de saber que nem tudo durante o namoro é em vão. Um amasso sorrateiro atrás de uma moita ou a visão de um mamilo no jardim de rosas é o suficiente para manter aceso o ardor deles.

Kitty e Lydia compartilhavam das preocupações da mãe e aconselhavam Jane sobre como fazer o vestido deslizar um pouco, técnica que garantia que continuassem populares entre os oficiais do regimento.

Apenas Mary se mostrou desinteressada.

— Por favor, não discutam assuntos do coração na minha frente — pediu ela. — Tenho pouco interesse em tal assunto. Se a maioria das jovens se ocupasse com livros e música, como eu, o mundo seria, indubitavelmente, um lugar mais feliz e com menos discórdia.

As irmãs mais jovens fizeram troça dela, mas Mary não lhes deu atenção e se atirou com mais vigor às lições de música com o sr. Raboquisto. Não havia dúvida de que, sob sua tutela, seu dedilhar melhorara sobremaneira. Ele, é claro, sentia imenso prazer em ensinar a ela e era bastante comum vê-lo sair da casa com o rosto corado de satisfação.

Na falta do sr. Bingulin e do sr. Darcy, o sr. Turband fazia visitas constantes a Longbourn. Seu charme natural e sua beleza sedutora causaram uma impressão favorável na sra. Bennet, que declarou que ele era o jovem mais agradável que conhecia. Seu marido apreciava muito os livros de graça que o sr. Turband costumava pegar na editora em que trabalhava e levava consigo: realmente, ele passava muitas horas felizes debruçado sobre o fascinante *A Todo Vapor: Motores de Pistão na Inglaterra Industrial*, sem dúvida uma leitura emocionante. Naquele ínterim, Lydia e Kitty alegravam-se com o exemplar de *Bordando Tudo até a Última Ponta* que Thomas lhes dera de presente.

Thomas sempre buscava a companhia de Elizabeth, e o casal adotou o hábito de passear pelo jardim enquanto conversava sobre assuntos que interessavam a ambos.

Em algumas ocasiões, o sr. Darcy virava o assunto da conversa, principalmente no que dizia respeito à arrogância insuportável e ao apetite sexual insaciável.

Em uma manhã estimulante de janeiro, Elizabeth e Thomas saíam para o passeio usual, quando ele abordou o assunto das intenções do sr. Bingulin em relação a Jane.

— Trata-se de assunto delicado, bem sei — declarou ele. — Mas não posso evitar me perguntar se o sr. Darcy não teve algo a ver com a aparente frieza do sr. Bingulin para com sua irmã.

— O sr. Darcy? — espantou-se Elizabeth, enfiando as mãos mais profundamente no agasalho para se proteger melhor do frio. — O que tal assunto tem a ver com ele?

— Como você bem sabe, ele é uma criatura fria e destituída de sentimentos — respondeu Thomas. — Odeia ver a felicidade dos outros, principalmente daqueles que apreciam os sentimentos mais nobres, como o amor, a honra e a confiança, e não dividem com ele suas predileções obscuras.

— Creio que o senhor esteja sendo duro demais. O sr. Darcy tem seus defeitos, na verdade, uma miríade deles, mas separar, intencionalmente, Jane do sr. Bingulin? Nem mesmo ele poderia descer tão baixo.

— Então, o que pode estar por trás da atual indiferença do sr. Bingulin? — perguntou Thomas. — A senhorita me disse que ele mandou apenas uma carta para Jane nos últimos quinze dias.

Elizabeth ficou em silêncio por alguns momentos, enquanto pesava as palavras. Custava-lhe pensar tão mal do sr. Darcy, mesmo que ainda não tivesse se recuperado totalmente do golpe que ele dera em sua bolsinha.

— Creio que a culpa seja de Curraline Bingulin — declarou ela.

— Suas intenções são para que o sr. Bingulin se case com a irmã do sr. Darcy, esperando que, com as duas famílias unidas em matrimônio, o sr. Darcy se case com ela.

— E quanto à senhorita? — perguntou o sr. Turband, olhando-a de soslaio.

— Eu? — riu Elizabeth. — Ora, eu não penso em me casar!

— Você não consegue pensar em ninguém que desejasse se casar?

Elizabeth franziu a testa.

— Você acabou de dizer "que desejasse se casar"? O certo seria "com quem desejasse se casar".

Longe de ficar envergonhado diante de tal perspicácia, Thomas Turband pareceu deleitar-se com aquilo.

— A senhorita está certíssima! — exclamou ele. — Lancei um pequeno erro gramatical para testá-la e estou satisfeito de ver que isso não lhe escapou.

— O senhor está testando meus conhecimentos gramaticais, Thomas?

— A senhorita parece ter talento para isso, srta. Bennet. Estou disposto a apostar dez guinéus como a senhorita consegue distinguir o uso correto do ponto e vírgula e dos dois-pontos.

— Por certo que a maioria das jovens damas também o sabe — retrucou Elizabeth, estremecendo um pouco no ar gélido. Thomas pareceu não notar. "Como ele é diferente do sr. Darcy", pensou Elizabeth. "Ele teria me coberto com peles a essa altura."

— A senhorita ficaria surpresa, srta. Bennet — suspirou Thomas. — A maior parte das jovens é mal-instruída e libertina. É extremamente difícil encontrar boas editoras de texto com as habilidades necessárias.

Será que ele voltaria a propor que ela trabalhasse com ele? Elizabeth permaneceu em silêncio, consciente de que qualquer resposta pudesse servir como encorajamento.

Thomas notou que ela ficou reticente e, acelerando o passo em direção à casa, começaram a discutir os benefícios dos exercícios ao ar livre. Quando chegaram, Lydia os aguardava na porta.

— Lizzy, você monopolizou as atenções de Thomas por muito tempo — reclamou ela. — Mary está estudando, Kitty está se trocando e eu preciso conversar com alguém. — Ela tomou o braço de Thomas. — Vamos caminhar até o jardim de rosas — sugeriu ela, alegre. — E o senhor poderá me contar tudo sobre como se tornou um tenente.

Por um instante, Thomas pareceu ficar decepcionado por deixar Elizabeth, mas seu bonito rosto logo assumiu expressão atenciosa, e ele permitiu que Lydia o guiasse, enquanto matraqueava sem parar.

Elizabeth observou-os ir em direção ao jardim e ouviu a voz de Thomas cortar o ar gelado:

— Pois me diga, Lydia: a senhorita sabe soletrar a palavra "tenente"?

O mês de fevereiro levou Elizabeth para Hunsford a fim de visitar Charlotte e Phil Collins. O plano foi feito algumas semanas antes, e Elizabeth, a princípio, não pensara muito seriamente sobre ir até lá, mas Charlotte, como ela logo descobriu, dependia de sua presença.

Evitar o sr. Darcy passou a ser a principal intenção de Elizabeth, e sua estada em Hunsford seria tudo de que precisava para se distrair. Além disso, a ausência aumentou seu desejo de ver Charlotte de novo, e ela se viu analisando o plano de forma favorável.

A viagem, cerca de quarenta quilômetros, transcorreu bastante bem, e, quando a carruagem saiu da estrada principal para a via que levava a Hunsford, Elizabeth ansiava para ver a residência paroquial. Logo pôde ver a casa, ao fim de um caminho de cascalho, uma construção pequena, porém elegante, feita de pedras claras e com janelas, uma porta e algumas características pomposas do século XVIII sobre as quais esta autora não tinha conhecimento arquitetônico suficiente para descrever.

Os moradores da casa saíram para aguardar sua chegada.

— Lizzy! Eu sabia que você viria! — disse Charlotte e sorriu. — O sr. Collins declarou que a sua vinda seria muito improvável, mas eu discordei.

Charlotte não parecia degradada por ter de transar com Phil Collins todas as noites; na verdade, parecia brilhar com alegria interior.

— Você está ótima! — comentou Elizabeth, enquanto as duas amigas caminhavam de braços dados e entravam no alpendre. — Parece que o casamento lhe fez muito bem, Charlotte. Creio que ache o sr. Collins um marido aprazível?

Charlotte fez uma careta.

— Ele vai para seu estúdio todas as noites para tocar bateria — disse ela em voz baixa para não ser ouvida. — Mas, graças a Deus, isso me dá um pouco de tempo para uma escapadela com Mellors, o jardineiro.

— Mellors?

— Sim. Ele é da vila, um tipo bem bruto, que sempre vem quando precisa dar uma aparada no gramado lá embaixo. Oh, Lizzy, creio que ele esteja apaixonado por mim e eu por ele! Ele é um excelente ouvinte, e eu tenho tanto a falar para ele. — Ela deu um risinho infantil. — Ele me chama de Lady Chatterley.*

— Não. Assim não é possível! — exclamou Elizabeth, aflita além da conta. — Dois livros colidindo entre si é o bastante! Tudo isso é confuso demais. Imploro-lhe, Charlotte, não volte a mencionar Mellors.

---

* Referência ao romance *O Amante de Lady Chatterley*, de 1928, escrito pelo autor britânico D.H. Lawrence e que causou muita polêmica por conter cenas de sexo explícito. No romance, Lady Chatterley era amante do jardineiro Mellors. (N.T.)

Charlotte foi pega de surpresa com a veemência dos protestos de Elizabeth.

— Talvez você esteja cansada da viagem? — sugeriu Charlotte. — Venha. Deixe-me levá-la até o seu quarto. Então, talvez você possa me contar suas impressões do sr. Fitzwilliam Darcy. Deus sabe que Lady Catherine não fala de outro assunto.

Quando Elizabeth havia descansado um pouco, o sr. Collins a convidou para passear nos jardins, os quais eram grandes e bem-cuidados. Mais de uma vez ele solicitou que ela parasse para admirar as peônias. Falou longamente sobre a amabilidade da população de Hunsford, os aspectos agradáveis da vida no campo e, em especial, sobre as muitas qualidades estimáveis de sua vizinha, Lady Catherine de Bruços.

— A senhorita terá a honra de conhecer Lady Catherine amanhã à noite — informou-lhe o sr. Collins —, quando todos seremos convidados para jantar em Rosings.

— Lady Catherine era muito amiga da mãe de Fitzwilliam Darcy, certo?

— É verdade, srta. Bennet — respondeu o sr. Collins, contente com seu interesse, fosse ele fingido ou não. — Creio que ambas eram esteticistas, originalmente. Lady Catherine é dona de uma cadeia de spas, o que lhe trouxe grande fortuna. E, é claro, ela se casou muito bem.

— Ah sim — refletiu Elizabeth. — Ela se casou com o major Chris de Bruços. Se ao menos todos nós pudéssemos ser tão afortunados...

Na verdade, ela não tinha o menor interesse em conhecer Lady Catherine. Afinal, sob a influência dela Fitzwilliam Darcy se tornara o pervertido sexual e falso que era hoje. Ainda assim, sua curiosidade fora despertada. Lady Catherine era, sem sombra de dúvida, uma mulher poderosa, além de bonita, e Elizabeth tinha muitas perguntas sem resposta. A principal delas era: quem tinha seios mais fartos?

Durante o dia, o sr. Collins não falava de nada além da visita que fariam a Rosings Park naquela noite. Quando chegou o momento de Charlotte e Elizabeth se arrumarem, ele foi até o quarto delas várias vezes para avisá-las de que não deveriam deixar Lady Catherine esperando.

Sua real intenção, no entanto, era tentar vislumbrar as roupas íntimas de Elizabeth.

— Rogo-lhe que perdoe a perturbação sexual do meu marido — pediu Charlotte quando o sr. Collins finalmente descera para esperá-las na carruagem. — Temo que a perspectiva de uma noite na companhia de Lady Catherine tenha um efeito estimulante sobre seus desejos naturais.

— Nesse aspecto, ele não está sozinho — respondeu Elizabeth, pensando na má vontade do sr. Darcy em desafiar a madrinha. — Ela parece exercer uma forte impressão nos homens.

Charlotte concordou.

— Verdade. Ela é linda. Você logo verá por si mesma. Mas ela também é uma vaca.

— Sério?

— Tente não enfurecê-la. Ela é dona de um temperamento difícil. Eu disse algo de que ela não gostou da última vez que estive lá e quase tive meus mamilos arrancados.

Naquele instante, a carruagem chegou e o grupo saiu da residência paroquial, cruzando o caminho longo e cheio de curvas que cortava Rosings Park até chegar à casa em si. Era grandiosa, com algumas paredes, algumas janelas e uma porta e blá-blá-blá. Subiram os degraus e seguiram os criados até o vestíbulo e, de lá, foram até a sala onde Lady Catherine os aguardava.

O coração de Elizabeth estava na boca. Fez força para engoli-lo de volta para o lugar e ele desceu um pouco mais. Era a última coisa de que precisava, pensou ela, ansiosa, lembrando-se do problema do rim/bexiga que ainda não havia se resolvido.

De pé, no centro da sala, com uma bota de salto alto e finíssimo pressionando a cabeça de um criado desafortunado contra o chão, encontrava-se uma mulher alta, de corpo perfeito, usando uma roupa de couro e empunhando um chicote de couro comprido. Ela dirigiu um olhar raivoso para o grupo.

— Eu disse que vocês poderiam entrar? — perguntou ela, entre os dentes.

O sr. Collins se encolheu.

— N-não. Não, vossa senhoria. — gaguejou ele. — Por favor, aceite nossas humildes desculpas. Vossa senhoria gostaria que... há... saíssemos e depois voltássemos a entrar?

Lady Catherine retirou o pé que pisava na cabeça do criado.

— Você pode ir agora, Saunders — declarou ela, friamente. — E não quero mais ouvi-lo assoviar de novo ou usarei anjinhos* em você.

O criado se levantou com dificuldade e se apressou em sair da sala, murmurando desculpas durante todo o caminho.

Lady Catherine voltou a atenção aos recém-chegados.

— Bem, não fiquem aí parados! Venham até aqui! — exigiu ela. Hesitante, o grupo avançou um pouco. Ela tirou a máscara, e uma cascata de cachos louro-claros desceu sobre suas costas. Ela era linda, apesar da idade avançada, e os seios dela, notou Elizabeth com amargura, realmente eram bem maiores que os seus.

— Você! — exclamou Lady Catherine, apontando o chicote na direção de Elizabeth. — Qual é o seu nome?

Elizabeth fez uma pequena reverência.

— Elizabeth Bennet, vossa senhoria.

— E onde você mora?

— Longbourn, em Hertfordshire.

---

* Instrumento de tortura, semelhante a uma algema constituída por um anel de ferro com que se prendem os dois dedos polegares do torturado. (N.T.)

Cinquenta tons do sr. Darcy

Lady Catherine franziu o nariz perfeito.

— Hmmm, você realmente precisa de uma transformação. Vejamos... — Ela deu um passo à frente e agarrou o queixo de Elizabeth com força, virando seu rosto de um lado para o outro com sua garra de couro. — Faça a sobrancelha. Descolora o buço. E, pelo amor de Deus, faça alguma coisa a respeito desses poros abertos!

Lady Catherine soltou o queixo de Elizabeth de forma abrupta, deixando-a com uma sensação de ter sido ferida e humilhada. A mulher mais velha voltou-se, então, para o sr. Collins.

— Pode me dizer que horas são essas? Vocês estão três minutos e meio atrasados.

O sr. Collins empalideceu.

— Perdoe-nos, Lady Catherine, as damas precisavam se arrumar...

— Silêncio! — ordenou Lady Catherine. — Você é um menino muito desobediente. O que você é?

— Um menino muito desobediente? — respondeu o sr. Collins em voz baixa, encolhendo-se de forma visível.

— Isso mesmo. E o que eu faço com meninos muito desobedientes?

— Vossa senhoria os pune? — grunhiu o sr. Collins.

— Isso mesmo. Vá até o meu armário, sr. Collins, e pegue o maior plugue anal que encontrar. Você se sentará sobre ele durante o jantar, até que eu esteja satisfeita e acredite que o senhor tenha aprendido a lição.

Elizabeth arfou. Charlotte baixou o olhar, mortificada. A expressão do sr. Collins, porém, parecia perversamente iluminada e até desejosa.

— Obrigado, Lady Catherine. É uma honra — disse ele, fazendo uma profunda reverência.

— Venham, senhoras, vamos ao banquete — anunciou Lady Catherine. — Junte-se a nós, sr. Collins, quando estiver pronto.

Ela caminhou em direção à porta do canto da sala, enquanto sua roupa de couro estalava e o som dos saltos sobre o piso de madeira ecoava na sala.

— Temos de segui-la de perto — sussurrou Charlotte —, ou nos arriscamos a descontentá-la.

— Ela é uma cadela devassa — murmurou Elizabeth em resposta. — Não estou nem aí se ela é dona de uma rede de salões de beleza de primeira linha. Vou dizer-lhe exatamente o que penso dela.

— Rogo-lhe que não o faça, Lizzy — implorou Charlotte. — Ainda não lhe pedimos permissão para organizar um festival de música, o Philstock, em suas terras, e, se ela recusar, perderemos um investimento considerável.

Elizabeth suspirou.

— Assim, pensando em nossa amizade, segurarei a minha língua. Mas saiba que não será nada fácil.

— Onde estão vocês, rameiras preguiçosas? — A voz de Lady Catherine soou da outra sala. — Apressem-se!

Elizabeth seguiu Charlotte até a sala de jantar e ficou boquiaberta de espanto. *Que tipos de instrumentos pervertidos eram aqueles?* Havia várias cadeiras no centro da sala e, diante de cada uma, um criado de quatro. Lady Catherine estava sentada na cadeira mais grandiosa e colocou sua taça de vinho sobre o traseiro enorme de uma criada.

— Sra. Jenkinson! — chamou Lady Catherine, e, por uma porta lateral, surgiu uma empregada de aparência frágil, curvada pela idade, usando um arreio de couro e freio. Um rabo de cavalo estava preso ao seu vestido.

— Sim, senhora? — perguntou ela. O som do metal preso à sua boca batendo contra os dentes era audível.

— Traga a sopa!

A sra. Jenkinson se virou e partiu com o rabo balançando atrás de si.

Que merda! Que lugar era aquele? Elizabeth estremecia ao pensar que Fitzwilliam Darcy tenha caído nas garras de Lady Catherine quando ainda era jovem demais. Não havia nenhum tipo de humilhação ou degradação que não estivesse exposto naquele lugar. Hesitante, tomou o lugar na frente de um jovem lacaio, que não usava nada além de calças de couro e grampos de mamilos. A sra. Jenkinson colocou a tigela de sopa sobre as costas cabeludas do homem.

— Bem, coma logo! — exigiu Lady Catherine. — Ou a sopa esfriará.

Ela sorveu a sopa de forma ruidosa.

— Você toca, srta. Bennet? — perguntou ela, de repente. — Uma jovem dama deve tocar bem o piano.

— Um pouco — respondeu Elizabeth —, embora deva confessar que não tenho muito talento natural.

— Isso não é nada agradável — declarou Lady Catherine, estreitando os olhos azuis. — Você tocará para mim mais tarde e, se eu achar seu desempenho deficiente, eu a castigarei.

Elizabeth sentiu a pele formigar. *Como ela se atrevia?*

— Com todo o respeito, Lady Catherine, como espera fazer isso?

— Com dez chibatadas no traseiro, é claro.

— E se eu resistir à ideia de punição?

Lady Catherine lançou um olhar avaliador.

— A senhorita é desafiadora, srta. Bennet. Talvez, no seu caso, dez chibatadas não sejam o suficiente. Talvez eu deva arreá-la ao lado da sra. Jenkinson e fazê-las me puxarem pelos jardins.

— Vá se fo... — começou Elizabeth, mas, naquele exato momento, surgiu na porta um sr. Collins parecendo bastante desconfortável.

— Espero não tê-las deixado esperando — disse ele em tom submisso, arrastando os pés cuidadosamente pelo chão, como um homem com o triplo de sua idade. Ele se sentou e fez uma careta. A sra. Jenkinson colocou uma tigela de sopa sobre as costas do criado em frente a ele.

— Obrigado, mas não quero.

— O senhor está cheio, sr. Collins? — perguntou Lady Catherine, maliciosa.

— Sim, de forma dolorosa, Lady Catherine.

— Insisto que coma o próximo prato. Ganso assado — ordenou ela. — Embora, considerando as circunstâncias deste caso, eu o liberarei do recheio.

Os primeiros quinze dias da visita de Elizabeth logo se passaram. Ela e os Collins jantaram mais quatro vezes em Rosings, sendo cada uma daquelas ocasiões mais deplorável do que a anterior. Lady Catherine apareceu com várias roupas diferentes: às vezes, com a roupa de couro, outras, com um espartilho de couro vermelho e, na quarta noite, ostentando um vibrador gigantesco, de deixar os olhos cheios de água — uma visão que quase causou o desmaio do sr. Collins. Naquele jantar em particular, Lady Catherine anunciou que logo seria agraciada com a visita de seu afilhado, sr. Darcy, uma perspectiva que a alegrava sobremaneira. O sr. Darcy, dissera ela, fazia todo o possível para agradá-la.

Ao ouvir a notícia, Elizabeth foi tomada por emoções conflitantes. A possibilidade de estar tão próxima a Fitzwilliam Darcy a assustava. Ainda sim, não tinha como negar que ele a excitava de uma forma que seus prazeres usuais, tais como tocar o virginal,* nunca o fariam. Será que ele investiria contra sua bolsinha novamente? Sua sádica interior certamente esperava que sim.

---

* Virginal: instrumento precursor do cravo, com apenas uma corda por nota, em voga nos séculos XVI e XVII. Fonte: Dicionário Houaiss. (N.T.)

Cinquenta tons do sr. Darcy

A chegada do sr. Darcy a Rosings foi rapidamente notada pelo sr. Collins, que testemunhou a chegada da carruagem do cavalheiro quando estava no jardim regando as peônias. Naquela mesma tarde, o sr. Darcy foi a Hunsford para apresentar seus cumprimentos. Uma batida firme na porta anunciou sua chegada e, pouco depois, ele foi levado à sala, onde Charlotte e Elizabeth bordavam.

— Como vão srta. Bennet, sra. Collins?

O sr. Darcy fez uma ligeira reverência, e suas calças marcaram o traseiro teso. Um cacho do cabelo acobreado caiu sobre os olhos. *Oh céus! Ele é muito gostoso!*

"Por que sempre me expresso com palavras profanas quando vejo Fitzwilliam Darcy?", perguntou-se Elizabeth. *Mas que merda, isso é tão contra a minha natureza. Puta que pariu, acabei de praguejar de novo!*

O sr. Darcy sentou-se ao lado de Elizabeth.

— A senhorita está bem, srta. Bennet? Tem se alimentado direito?

Elizabeth não resistiu à tentação de provocá-lo, como sempre.

— Não tomei meu desjejum esta manhã — declarou ela e, imediatamente, notou o maxilar dele se contrair.

— Então, fico feliz de ter uma baguete no meu bolso — disse ele, enfiando a mão do bolso das calças e retirando uma grossa bisnaga francesa. — Será que me faria o favor de mordiscá-la?

Uma vez mais, Elizabeth estava consciente de que ele lhe despertava uma agitação na região abaixo de seu umbigo. O que aquele bilionário tinha para atraí-la tanto?

— Sua baguete parece sedutora, mas eu raramente como a essa hora do dia. O senhor não pode me tentar!

— Que tal uma banana — sugeriu o sr. Darcy, enfiando a mão no outro bolso. —, ou, quem sabe, esta salsicha alemã?

Elizabeth sentiu o rosto afogueado, enquanto o sangue lhe subia para o rosto.

— É muito gentil de sua parte, sr. Darcy, estar tão desejoso de meu bem-estar, mas asseguro-lhe que nada passará pelos meus lábios até a hora do almoço.

Os olhos do sr. Darcy brilharam de raiva.

— Pois bem, srta. Bennet — disse ele de forma sombria. — Vejo que continua desafiadora. Esteja certa de que, se fosse uma hóspede na minha casa e recusasse a minha hospitalidade, eu providenciaria para que fosse castigada.

Cinquenta tons do sr. Darcy

Por um momento, ele soou tão parecido com Lady Catherine que Elizabeth ficou sem palavras. Então, recuperando a compostura, ela declarou:

— O senhor é duro demais, sr. Darcy. Se o senhor fosse um convidado em Longbourn e achasse que o leite morno que preparei, ou quem sabe a minha brusqueta, não estivessem a altura do seu gosto, eu me esforçaria para não confrontá-lo a respeito disso.

O sr. Darcy inclinou-se para a frente e a manteve cativa do seu olhar penetrante.

— Você e eu somos muito diferentes, srta. Bennet — murmurou ele. — Veja bem, eu adoraria provar a sua brusqueta e, certamente, me deliciaria com ela de manhã, de tarde e à noite. Eu mergulharia nela no café da manhã, no almoço e no jantar e, depois, pediria para repetir.

— Por certo, eu acharia o seu apetite muito gratificante — corou Elizabeth. — Mas alguns de nós somos menos gulosos do que outros. Eu mesma, por exemplo, no café da manhã, me contento com apenas um pequeno jorro de leite ainda morno, recém-ordenhado.

O sr. Darcy deu um sorriso lascivo.

— Por fim, algo que eu possa lhe prover, srta. Bennet.

— Há, será que devo deixá-los a sós? — perguntou Charlotte.

— Não é necessário, sra. Collins — respondeu o sr. Darcy, erguendo-se. — Tenho de partir. Lady Catherine solicitou que eu me apressasse, pois vamos galopar juntos, com vigor. Ela enviará uma carruagem para vocês às oito horas da noite — continuou ele. — Para que possam jantar conosco. — Então, dirigindo-se a Elizabeth: — Estou muito satisfeito por vocês duas terem se conhecido.

— Estou certa de que seremos grandes amigas — respondeu Elizabeth com um sorriso forçado nos lábios.

— É mesmo? — O rosto do sr. Darcy se iluminou. — Eu realmente espero que sim. Trata-se de uma mulher extraordinária. — Com uma reverência, ele partiu, e Elizabeth voltou a atenção para o bordado. Franziu a testa. Ela teria de desfazer o que bordara e recomeçar. Afinal, "Não há lugar como nosso lar cadela devassa cadela devassa cadela devassa cadela devassa" não seria muito adequado para o forro de uma almofada.

No horário marcado, Elizabeth, o sr. e a sra. Collins chegaram a Rosings e foram informados de que Lady Catherine estava se arrumando e não tardaria a chegar. Um criado os levou a uma sala de estar pequena e confortável, decorada com muito bom gosto com móveis de couro negro e pinturas de bodes sendo sodomizados por demônios. De repente, Charlotte gritou de susto, e, seguindo seu olhar, o sr. Collins e Elizabeth viram uma figura ajoelhada no canto da sala, olhando para o chão, cabisbaixo e submisso, vestindo apenas um cuecão de couro e uma coleira de espinhos: o sr. Darcy! Elizabeth ficou boquiaberta com a visão que tinha diante de si. *Nossa, ele estava humilhado!*

— Diga-me, o que está fazendo aí, sr. Darcy! — arfou ela. — Que vergonha! Levante-se e vista suas roupas.

— Ele *não* tem permissão para se mover!

Lady Catherine surgiu na porta, com seus impressionantes seios quase saltando do decote da roupa de couro, enquanto a roupa justa estalava de modo ameaçador.

— O sr. Darcy me desagradou, e este é o seu castigo.

O sr. Darcy manteve-se imóvel. "É quase como se ele estivesse em transe", pensou Elizabeth. "Lady Catherine realmente exerce um enorme poder sobre ele! Como é cruel e dominadora!"

— Estou certo de que vossa senhoria sabe o que faz — opinou o sr. Collins, submisso, com um sorriso afetado. — Isso me lembra da turnê de 78 do Genesis, quando eu tive de mandar Mike Rutherford a Coventry para...

— Mas humilhá-lo desta forma! — exclamou Elizabeth. — Será que isso realmente é necessário?

Charlotte puxou a manga de Elizabeth.

— Por favor, segure sua língua, Lizzy — sussurrou ela. — Lembre-se de Philstock...

Lady Catherine se curvou sobre o sr. Darcy e o agarrou pelo cabelo.

— Levante-se! — ordenou ela. — Nossos convidados querem amendoins.

— Sim, senhora — entoou o sr. Darcy em voz baixa, enquanto se levantava. Seguiu em direção à mesa, sem erguer o olhar, apanhou duas tigelas de porcelana e caminhou na direção do sr. Collins.

— Essa punição durará muito tempo? — perguntou o sr. Collins, pegando um punhado de amendoins.

— Até que eu esteja satisfeita — respondeu Lady Catherine.

Elizabeth observava o sr. Darcy enquanto ele caminhava em silêncio pela sala. Parecia tão diferente — tão jovem, vulnerável e destruído. Maldita Lady Catherine! Como poderia tê-lo arrastado para o mundo sombrio e pervertido em que vivia? Ela, Elizabeth, mostraria a ele que havia outro caminho. Uma tarde de bordados, um dueto de harpas... Tais divertimentos, por certo, guiariam até a mais amaldiçoada das almas em direção à luz.

— Sente-se! — gritou Lady Catherine, e o sr. Darcy retornou ao seu lugar e pôs-se novamente de joelhos ao lado da porta.

Lady Catherine virou-se para Elizabeth.

— Agora, srta. Bennet, insisto em escutá-la tocar piano. O sr. Darcy será o responsável por virar as páginas para você. Com os dentes.

A noite transcorreu de forma torturante, o sr. Darcy realizando o trabalho de um humilde criado, e Elizabeth e os Collins em constante estado de vergonha e agonia. A única pessoa que gozava da noite era Lady Catherine, que parecia deleitar-se tanto com a humilhação do sr. Darcy quanto com o desconforto dos convidados. Por mais que Elizabeth se esforçasse por levar a conversa para assuntos inocentes, tais quais arranjos de flores, Lady Catherine insistia em voltar para assuntos como penetração de punhos e grampos genitais. Em momento algum o sr. Darcy olhou na direção de Elizabeth, apesar dos esforços dela para atrair seu olhar.

— Ela é uma mulher muito interessante, não acham? — declarou o sr. Collins na carruagem quando voltavam a Hunsford. — Sou obrigado a admitir que ela tem hobbies um tanto incomuns.

— Confesso que acho seu gosto para roupas deveras grotesco — opinou Charlotte. — Nunca poderia imaginar que era possível uma dama usar brincos *lá embaixo*.

O sr. Collins sorriu para Elizabeth.

— E quanto a você, prima, o que acha de Lady Catherine? Ela demonstrou interesse particular em sua pessoa.

— Ela é uma total e completa vac... — começou Elizabeth, mas o olhar suplicante de Charlotte a fez interromper a frase no meio. — Ela faz — recomeçou, de forma mais diplomática — a própria lei.

"Além de ser uma vaca", acrescentou sua sádica interior.

Acima de todas as impressões que aquela noite fora do normal em Rosings deixara em Elizabeth, estava sua determinação em salvar o sr. Darcy dos caminhos sórdidos que seguia. Tal fardo lhe pesou sobremaneira, e ela teve um sono agitado naquela noite, recheado de sonhos envolvendo traseiros firmes em calças de couro e ela arrancando os olhos de Lady Catherine à unha.

Cinquenta tons do sr. Darcy

Nas semanas que se seguiram, enquanto Elizabeth permanecia em Hunsford, o sr. Darcy fazia frequentes visitas à residência paroquial. Na verdade, tinha o hábito de aparecer nas horas em que Elizabeth menos esperava. Certa vez, ele a surpreendeu no jardim enquanto podava o arbusto de Charlotte; várias vezes, esbarrou com ele no bosque — embora não estivesse bem certa do que ele poderia estar fazendo escondido atrás de um monte de folhas — e ele chegou a bater na janela de seu quarto bem na hora em que ela usava o penico, aparentemente para falar sobre novos arreios e acessórios para sua carruagem. Aquilo tudo começou a ter um efeito prejudicial aos nervos de Elizabeth.

— O senhor sempre se dá de forma inesperada! — acusou Elizabeth quando se encontraram novamente, no beco atrás da residência.

Os olhos do sr. Darcy estreitaram-se.

— Com quem a senhorita anda falando? — perguntou o sr. Darcy em tom defensivo. — Eu não dou nada.

— Quero dizer — explicou Elizabeth — que o senhor nunca nos avisa quando virá nos visitar.

— Srta. Bennet, eu me excito em surpreendê-la — declarou ele com um sorriso dissimulado. — Na verdade, eu estou excitado agora mesmo, enquanto conversamos.

A conversa deles costumava girar em torno de Longbourn, Pembaley ou o clima, e Elizabeth sentiu que não seria adequado abordar o que acontecera durante a visita a Rosings. Por que Lady Catherine possuía tal poder sobre o sr. Darcy? Ele tinha o próprio dinheiro, assim como propriedades e prestígio, e ela soubera que ele tinha uma porcentagem da rede de spas de Lady Catherine. Por que seria necessário ele se humilhar daquela maneira? E aquele cuecão de couro... Ela não conseguia apagar tal imagem da cabeça.

Certo dia, no final da manhã, poucos dias antes de sua partida, Elizabeth despertou ao som de alguém batendo à porta. Sentiu-se um tanto ansiosa, pensando ser Lady Catherine, que ameaçara uma visita para tomarem chá juntas. Mas tal ideia foi logo banida, e seu humor se viu abalado de outra forma quando, para seu absoluto espanto, viu o sr. Darcy entrar na sala, com as calças cinza pendendo na metade dos quadris e o cabelo definitivamente escurecido pela chuva. *Oh Deus! Ele era um herói byroniano!* *

---

* Referência ao escritor romancista Lord Byron, que criou um gênero de heróis ao descrevê-los como figuras idealizadas, porém arrogantes, sedutoras e repletas de vícios. (N.T.)

De modo apressado, ele imediatamente começou a perguntar sobre a sua saúde, atribuindo a visita ao desejo de ouvi-la dizer que estava se alimentando bem. Elizabeth respondeu, cordialmente, que havia tomado, naquela manhã, uma saudável tigela de cereais, e que ele não precisaria se preocupar com aquilo.

Darcy sentou-se por alguns instantes e, então, se levantou e ficou caminhando pela sala. Ela se viu surpresa, mas não disse uma palavra. Após vários minutos de silêncio, o sr. Darcy foi em direção a ela e começou assim:

— Em vão tentei lutar contra isso. Mas de nada adiantou. Não posso reprimir meus sentimentos. Permita que eu lhe diga o quanto eu desejo atá-la com cabos e açoitar esse lívido brilho que carrega dentro de si.

A perplexidade de Elizabeth foi além de qualquer expressão. Arregalou os olhos, corou, duvidou e ficou calada. Para ele, foi estímulo suficiente, a declaração de tudo o que desejava fazer com ela sucedeu imediatamente em seguida: desde lhe fazer cócegas com penas até lixar seus mamilos.

— Você deve entender, Elizabeth, que essa não será uma relação de namorados — concluiu ele, bastante agitado, passando as mãos pelos cachos acobreados.

— Gostaria de formalizar nossa relação e, para esse fim, mandei meu advogado redigir este contrato.

Elizabeth lutou para se recompor. Um contrato de casamento! Aquele era o auge de todas as suas expectativas. *Fitzwilliam Darcy estava lhe pedindo em casamento!*

— Sim! — respondeu ela sem fôlego, com o rosto brilhando de alegria. — Eu *serei* sua esposa.

O sr. Darcy empalideceu de forma visível.

— Minha *esposa*? Eu não me *caso*, Elizabeth. Eu lhe disse, minhas intenções com você são bem mais sombrias. O documento ao qual me refiro é um contrato de sexo pervertido. Preparei uma lista detalhada do que planejo fazer com você, caso concorde em ser minha. Uma lista que, caso o leitor deste livro se excite com o cenário BDSM,* será, sem dúvidas, deveras estimulante. Mas, para o restante dos leitores, será algo tão sexy quanto a lista de restrições do conselho municipal quanto ao estacionamento nas ruas.

Do bolso do paletó, retirou um rolo de pergaminho, entregando-o a Elizabeth com um breve aceno de cabeça.

— Leia — ordenou ele.

---

* Acrônimo para a expressão "*Bondage* (algemar, amarrar), Disciplina, Dominação, Submissão, Sadismo e Masoquismo". (N.T.)

Cinquenta tons do sr. Darcy

Com dedos trêmulos, Elizabeth desenrolou o pergaminho.

> Este documento, datado de 28 de fevereiro de 1814 (doravante "o início da vigência"), constitui um contrato de escravidão sexual voluntária entre o sr. Fitzwilliam Darcy ("o Dominador"), residente em Pembaley, Derbyshire, e a srta. Elizabeth Bennet, residente em Longbourn, Hertfordshire ("a Submissa").

Oh Deus! O que era aquilo?

O sr. Darcy, que estava apoiado no aparador da lareira com os olhos fixos no rosto dela, a avaliava, cheio de esperanças. Elizabeth prosseguiu com a leitura.

> O propósito do presente contrato é permitir à Submissa explorar de maneira segura sua sensualidade, respeitando e considerando devidamente suas necessidades e seu bem-estar. O Dominador e a Submissa concordam e confirmam que tudo o que ocorra sob os termos do presente contrato será consensual e confidencial e sujeito aos limites estabelecidos no presente contrato.

O sr. Darcy se impacientou.

— Apenas pule para a parte picante — apressou ele. — É o que todo mundo faz.

Elizabeth desenrolou mais o pergaminho e ofegou.

> **Quais dos atos sexuais listados abaixo são aceitáveis pela submissa?**
> 1. Tapas e cócegas
> 2. Sexo
> 3. Coito
> 4. Um pouco mais de sexo
> 5. Fodas
> 6. Grampos aplicados no corpo
> 7. Golpes com chicote gato de nove caudas...

As mãos de Elizabeth caíram sobre seu colo, e o documento deslizou pelo chão.

— Diga que vai assinar, Elizabeth — encorajou o sr. Darcy, com os olhos cinzentos em chamas. — Meu pênis depende disso.

— *Seu pênis depende disso?* — Lágrimas escorriam dos olhos de Elizabeth. — Não seria a sua felicidade, sr. Darcy? Será que o senhor não tem nenhum tipo de sentimento? — Ela corou, seus olhos lampejaram de raiva.

— O senhor não pode esperar que eu realmente aceite esses termos!

— Devo entender que a senhorita está me *rejeitando*? — perguntou o sr. Darcy, incrédulo, com uma expressão de surpresa estampada no belo rosto.

Elizabeth se ergueu, cambaleante, e declarou com a voz trêmula de emoção:

— Não importa a forma como o senhor faça a proposta para eu me tornar sua escrava sexual, eu jamais aceitaria tais termos.

O espanto do sr. Darcy ficou bastante óbvio, e ele a olhou com uma expressão que era um misto de incredulidade e humilhação. Ela prosseguiu:

— Desde o início, posso dizer que desde o primeiro instante, quando o conheci, fui levada à mais plena convicção de que era um maníaco sexual, arrogante e de comportamento perseguidor. Identifiquei você como um jovem que cresceu com uma fixação por pênis. Suas constantes incitações a "Oh, venha para mim, baby" combinam mais com um filme pornográfico de quinta categoria do que com um livro romântico. Resumindo, sr. Darcy, seu personagem precisa de mais peso.

A boca do sr. Darcy se contraiu em uma expressão amarga.

— Tenho de discordar, srta. Bennet — comentou ele com frieza. — Eu sou, como bem sabe, extraordinariamente gostoso, o que torna perdoável toda e qualquer falha do meu personagem. Se um homem de meia-idade, careca, barrigudo e com sapatos feios continuasse a aparecer quando a senhorita menos espera, isso seria deveras assustador; mas quando eu o faço é ao mesmo tempo ardente e lisonjeiro.

— Pois saiba que o senhor é um personagem maldesenvolvido e unidimensional! — reagiu Elizabeth. — Cinquenta tons? Está mais para dois: "desesperado por sexo" e "mal-humorado".

A raiva a tornou verbosa, e ela continuou:

— Quem, eu lhe pergunto, *quem*, com 28 anos, controla uma companhia global multimilionária apenas atendendo ao telefone ocasionalmente e dizendo "Fale com Peters" e "Pegue isso lá na terça-feira"? O que o senhor faz *na prática*? Além disso, que heterossexual tem músicas de Nelly Furtado no iPod, para não mencionar o fato de achá-las uma trilha sonora adequada para uma sessão de sexo sadomasoquista?

— Srta. Bennet — interrompeu o sr. Darcy com voz fria —, creio que esteja discutindo o livro errado.

Elizabeth se deteve.

— O senhor está certo, sr. Darcy — respondeu ela com seriedade. — Nesse ponto, rogo-lhe que me perdoe. É bastante confuso estar em uma mistura de dois romances tão diferentes.

— Já chega, srta. Bennet. Entendo perfeitamente os seus sentimentos. Perdoe-me por haver tomado tanto do seu tempo e aceite os meus melhores votos de saúde e felicidade.

E, com aquelas palavras, ele rapidamente deixou a sala, as calças cinza pendiam tão baixo nos quadris que Elizabeth pôde lançar um último olhar para o cofrinho dele. Em seguida, ouviu-o abrir a porta da frente e sair.

O tumulto em sua cabeça era dolorosamente grande. Sua perplexidade ao refletir sobre o que acontecera aumentava a cada vez que revia os fatos. A sugestão do sr. Darcy para que se tornasse escrava sexual! Isso era abominável! Ainda assim, o tumulto nas partes íntimas de Elizabeth era igualmente grande. Por que seu coração disparava, suas calçolas agitavam-se com o pensamento de se submeter a todos os caprichos do sr. Darcy? Ela pegou o contrato novamente e leu as palavras chocantes e imorais ali escritas.

"Amarração com enfeites de cortina", ela leu. "Vendas nos olhos", "mordaças", "barras separadoras" — o que seria aquilo? Um calor subiu por seu corpo, e ela se abanou com o papel. Pensar que ela, Elizabeth Bennet, se sentia tentada a abandonar a família e a reputação, e a entrar em mundo de sexo sadomasoquista! E que Fitzwilliam Darcy seria seu mestre, para fazer com ela o que bem entendesse!

"Você não pode estar considerando isso, não é?", perguntou, incrédulo, seu subconsciente. "Ele é claramente instável."

Elizabeth suspirou. "Mas, tirando suas constantes insinuações e conversas sujas, sua personalidade controladora, sua arrogância, seu ciúme, seu estilo afeminado de se vestir e seu terrível gosto musical, eu o acho, basicamente, um cara legal. E quanto a você, sádica interior, o que acha?"

Naquele momento, a sádica interior saiu de repente de seu armário metafórico usando uma lingerie de couro. "Tcha-ram!", cantou ela. "Agora, do que preciso pra fazer uma bela sacanagem?"

Elizabeth acordou na manhã seguinte com os mesmos pensamentos e meditações com que fora dormir na noite anterior. Era-lhe impossível pensar em qualquer outra coisa, a não ser na proposta pervertida do sr. Darcy. Resolveu ler, após o desjejum, o contrato em mais detalhes. Retirou o pergaminho da gaveta na qual o escondera na noite anterior, desenrolou-o e o colocou sobre a escrivaninha à sua frente. Leu com tal ansiedade que quase afetou seu poder de compreensão. Na verdade, muitos dos termos do documento estavam além de sua compreensão:

* O Dominador pode usar a Submissa do modo que julgar apropriado, sexualmente ou de outra maneira qualquer, a qualquer momento, a não ser quando o vigário aparecer para tomar um chá.
* O Dominador pode açoitar, espancar, chicotear ou castigar fisicamente a Submissa como julgar apropriado para seu prazer pessoal.
* A Submissa aceitará o Dominador como seu mestre e obedecerá às regras estabelecidas neste contrato.
* A Submissa não tocará o Dominador sob quaisquer circunstâncias.
* O Dominador e a Submissa farão uso de palavras de segurança, as quais serão usadas para cessar a ação.
* Além disso, a Submissa assegurará alcançar o mínimo de oito horas de sono por noite, consumirá

alimentos previamente listados pelo Dominador e se manterá sempre depilada e esfoliada.

Depilada? Esfoliada? Elizabeth nunca ouvira tais termos, mas eles lhe pareciam distintamente desconfortáveis. Entretanto, tudo aquilo era uma grande loucura! Pensar que se submeteria aos caprichos de um imoral pervertido como o sr. Darcy, permitir que ele fizesse mau uso dela para depois, sem dúvida, deixá-la de lado... Ainda assim, havia algo na oferta dele que a tentava.

Pegando sua pena e um pedaço de papel prensado na escrivaninha, escreveu apressada:

Estimado sr. Darcy,
Sobre nossa discussão de ontem, encontro-me tanto chocada quanto ofendida por sua oferta de escravidão sexual. No entanto, contra todo bom-senso, estou curiosa para saber mais sobre o estilo de vida que propõe. Depois de ler o documento com bastante atenção, tenho algumas perguntas. A principal delas: o que é esfoliação?
Cordialmente, Elizabeth Bennet

"Devo enviar esta mensagem imediatamente", decidiu ela. "Onde está o sr. Lapptop?" Bastou tocar a sineta que o criado idoso apareceu e Elizabeth o instruiu a seguir rapidamente até Rosings Park e entregar em mãos aquela mensagem para o sr. Darcy.

Precisou esperar menos de uma hora para receber a resposta:

Cara srta. Bennet,
Esfoliação nada mais é do que a aplicação tópica de um unguento de natureza abrasiva para tornar a pele mais macia e bonita. Isso pode ser feito com o uso de uma fórmula cosmética. Entretanto, preferiria que a senhorita permitisse que eu a esfoliasse todinha usando os pelos da minha barba por fazer.
Cordialmente,
Fitzwilliam Darcy

Todinha? Elizabeth sentiu uma fisgada na barriga. Pegou outro pedaço de papel na escrivaninha e escreveu com a pena:

Sr. Darcy,
Por favor, o que são palavras de segurança?
Cordialmente,
Elizabeth Bennet
P.S.: Nada de introduzir a mão ou o punho em qualquer lugar.

Depois do almoço, um sr. Lapptop bastante cansado trouxe a resposta do sr. Darcy

Srta. Bennet,
Se, a qualquer momento durante o nosso sexo pervertido, a senhorita proferir as palavras "gatinhos fofinhos" ou "Amo-te", deverei perder, de imediato, toda a intumescência e, dessa forma, nosso encontro chegará ao fim. Creio que isso a tranquilizará.
Cordialmente etc.

Prezado sr. Darcy,
Por que não posso tocá-lo? Por acaso, o seu membro é do tamanho de um cogumelo?
Elizabeth Bennet

Cara srta. Bennet,
A senhorita faz muitas perguntas. Jovens impertinentes estão sujeitas a receber castigos. A próxima vez que eu a vir em Rosings, serei obrigado a remover suas roupas de baixo e açoitá-la com o meu chicote de montaria.
Cordialmente,
Fitzwilliam Darcy

Caro sr. Darcy,
Talvez o senhor encontre alguma dificuldade em remover as minhas roupas de baixo, uma vez que, da próxima vez que o encontrar, pretendo estar sem elas.
Elizabeth

Cara srta. Bennet,
Por acaso sua intenção é inflamar-me? Caso positivo, deve estar preparada para as consequências.
F.

Àquela altura, o pobre sr. Lapptop estava ofegante e à beira de um colapso. Preocupada com o bem-estar do idoso, Elizabeth decidiu que seria melhor não responder. Passou o restante da noite jogando cartas com Charlotte e acabara de se retirar para o seu quarto quando ouviu uma batida na porta. Era Charlotte com um bilhete.

— Desculpe-me por incomodá-la, Lizzy, mas isto acabou de chegar de Rosings. A sra. Blackberry trouxe até aqui.

Então, o sr. Darcy agora usa os criados de Lady Catherine para lhe entregar mensagens!

— Obrigada, Charlotte — agradeceu Elizabeth. — Responderei pela manhã.

Charlotte hesitou.

— A sra. Blackberry ainda se encontra lá embaixo, aguardando uma resposta.

— Oh, Charlotte, estou cansada demais para escrever mais uma mensagem esta noite. Por favor, será que poderia fazer a gentileza de mandá-la embora?

Charlotte se retirou e Elizabeth, incapaz de conter a curiosidade, abriu a mensagem com dedos ansiosos.

Srta. Bennet,

A senhorita não respondeu. Não gosto de ficar esperando. Serei forçado a aparecer na residência paroquial de Hunsford, arrastá-la até a minha carruagem e xxxxx a sua xxxxxx, com o meu xxx. E, quando a senhorita implorar por misericórdia, eu irei xxxxxx todo ele na sua xxxx até que a senhorita xxxxxxx. Cordialmente etc.

Que frustrante! Gotas de chuva mancharam algumas palavras da mensagem do sr. Darcy. Tudo o que podia fazer era adivinhar as intenções dele. Decidiu dormir, para, na manhã seguinte, com a cabeça descansada, pensar naquilo. Não imaginara o quanto o turbilhão de suas emoções a exaurira, e, em pouco tempo, caiu em um sono inquieto.

Estava sonhando com gatinhos fofinhos usando grampos de mamilos quando algo a despertou. O fogo crepitava na lareira, derramando um brilho sinistro do quarto. À meia-luz, Elizabeth percebeu uma sombra agigantando-se ameaçadoramente no canto do quarto, bem próximo à janela. *Meu Deus! Havia alguém em seu quarto!*
Fitzwilliam Darcy saiu das sombras.

— Por que a senhorita não respondeu à minha mensagem, srta. Bennet? — perguntou ele com voz rouca.

— Nossa senhora! Sr. Darcy! Como o senhor veio até Hunsford? — Elizabeth agarrou a colcha com força; seu coração estava disparado no peito, e a respiração, ofegante. *O que ele poderia estar fazendo em seu quarto?*

— Oh, eu vim de carruagem — respondeu ele em um sussurro, os olhos brilhantes e intensos. — Então, eu saí, me limpei e subi até aqui.

Passou as mãos repetidas vezes pelos cachos acobreados com um olhar angustiado no rosto.

— Sarna — explicou ele.

De repente, ele se lançou em direção à cama e agarrou Elizabeth pelos ombros.

— Quando não recebi nenhuma resposta sua, sabia que tinha de vir vê-la. Não consigo parar de pensar em você, srta. Bennet. Você. É. Tão. Doce. — Os olhos cinzentos eram como bate-estacas, martelando cacos de luz na sua alma.

Por um momento, uma expressão de incerteza cruzou seu rosto.

— Estou sendo passional ou tudo isto é meio sinistro e assustador? — perguntou ele em voz baixa.

Elizabeth refletiu sobre a pergunta.

— Muitas jovens damas, sem dúvida, chamariam o vigia noturno — concedeu ela. — Mas, já tendo experiência prévia de como o senhor faz a corte, creio que esteja lisonjeada com sua atenção.

O sr. Darcy pareceu relaxar. Pegando o queixo de Elizabeth com uma das mãos e um seio com a outra, disse com voz suave:

— Prometa-me, Elizabeth, que considerará os termos do contrato. Significa muito para mim tê-la como minha escrava sexual pervertida.

Elizabeth sentia sua resistência derreter.

— Fitzwilliam... — suspirou ela, desejando sentir os lábios dele sobre os seus.

— Eca! Que nojo! — exclamou o sr. Darcy, horrorizado. — Nada de beijos!

Os olhos de Elizabeth encheram-se de lágrimas.

— O senhor nunca beija?

— Urgh! De jeito nenhum. É piegas demais.

Elizabeth ficou desapontada. Era exatamente como imaginara desde o princípio.

Fitzwilliam Darcy não tinha sentimentos carinhosos. Ele não passava de uma máquina. Uma máquina de sexo.

— Elizabeth, você não se sente bem? — O sr. Darcy a olhava de forma intensa, com o cenho franzido de preocupação.

— Desculpe, o quê?

— Você parecia distante — explicou ele.

Elizabeth se recompôs.

— Oh, sinto muito. Eu acabei me distraindo. — Ela olhou em seus olhos cinzentos: eles pareciam frios e insondáveis. Talvez, no fim das contas, ele estivesse além de seu alcance?

Talvez não pudesse ser salvo.

— Partirei de Hunsford em alguns dias — respondeu ela, firme. — Acho melhor não nos vermos novamente até lá. Pensarei em sua proposta enquanto estiver em Longbourn e enviarei uma mensagem para o senhor.

O sr. Darcy pareceu aflito.

— Feri seus sentimentos? — perguntou Elizabeth, com voz gentil.

— Não. Bem, para dizer a verdade, sim. Mas eu também tive uma terrível indigestão hoje. Muito ovo em conserva.

Ele se levantou de repente.

— Se este é o seu desejo, srta. Bennet — disse ele, com voz fria —, não tomarei mais o seu tempo. A não ser que tenha sal de frutas.

Elizabeth meneou a cabeça, enquanto as lágrimas escorriam pelos cílios escuros. O sr. Darcy pulou a janela com um salto atlético, e, um segundo depois, ela ouviu um barulho e um "Que merda!" abafado, pois ele caíra sobre uma roseira. Afundando o rosto no travesseiro, Elizabeth deixou as lágrimas fluírem.

Ele se fora — o único homem que já desejara. O único homem que já amara. Ele saltou para o vento. E o vento o levou.

Jane lamentou muito o fato de Elizabeth estar ausente de Longbourn. Quando esta chegou, as duas irmãs se cumprimentaram com muita cordialidade. A impaciência de Elizabeth para contar a Jane tudo o que acontecera não podia ser superada e, assim que pôde, ela contou à irmã sobre seus encontros com o sr. Darcy.

— Você está tentada a aceitar a proposta dele, Lizzy? — perguntou Jane.

Elizabeth corou.

— Confesso que sim, mas só um pouco — respondeu ela em voz baixa.

Jane pensou por um momento.

— Creio que possa entender o motivo. Imagino que o sr. Darcy deva ser um amante muito interessante, se é que o sapato tamanho 46 pode servir como parâmetro para isso.

— E quanto ao sr. Bingulin? — quis saber Elizabeth. — Ele está mais apaixonado do que nunca?

Jane suspirou.

— Não tive mais notícias dele, Lizzy. Ele simplesmente não me escreveu, nem me visitou.

Aquela notícia surpreendente estragou a alegria de Elizabeth quanto ao seu retorno. A sra. Bennet, contudo, estava determinada a celebrar a volta de Elizabeth para casa e a espalhar a notícia do iminente defloramento da filha para os vizinhos. "Minha Lizzy! Uma escrava sexual!", exclamava ela, animada. "Quem poderia imaginar! Agora posso andar de cabeça erguida diante da sociedade. E, com Lydia na posição firme de favorita entre os oficiais, por certo que trepará antes da Páscoa!"

Os dias se passaram sem qualquer palavra de Bingulin, a não ser as notícias que corriam por Meryton de que ele não pretendia passar a Páscoa em Netherfield, mas que havia preferido surfar em Maui. Elizabeth relutava em admitir a inconstância do sr. Bingulin e todas as implicações que aquilo poderia ter sobre a personalidade do amigo íntimo, o sr. Darcy, mas ela não podia deixar de acreditar que a atração das mulheres lindas da ilha vestidas com fios-dentais só enfraqueceria ainda mais a ligação do sr. Bingulin com sua irmã.

Por fim, receberam uma carta que pôs fim à incerteza.

Com dedos trêmulos, Jane quebrou o selo e leu a mensagem em silêncio.

Estimada Jane,
Espero que esteja bem. Gostaria de informá-la de que ficarei fora do país por um tempo. Irei para o Pacífico para pegar umas ondas. Parece que existe um enorme oceano do outro lado do mundo! E cá estava eu pensando que o resto do mundo fosse feito de queijo! Ou será que era a Lua? Oh, não importa.
Até mais, baby,
Beijos,
E.

A esperança chegara ao fim, e Jane não conseguira encontrar nada na mensagem de Bingulin que lhe confortasse. Elizabeth, para quem Jane logo contou sobre o conteúdo da carta, ouviu tudo em um silêncio indignado. *O filho da puta de cabelo cacheado!* Seu coração estava dividido entre a preocupação com a irmã e o ressentimento em relação ao sr. Bingulin. Ela não tinha a menor dúvida de que ele realmente gostava de Jane e, mesmo que estivesse disposta a gostar dele, não podia deixar de sentir raiva ao pensar que ele estava disposto a sacrificar a possibilidade da própria felicidade conjugal por um capricho patético de adolescente de sair por aí com uma mochila nas costas.

— O que você fez para espantá-lo dessa forma, sua idiota? — reprovou a sra. Bennet. — Oh, e o mais importante, o que você não fez? Pelo amor de Deus, diga que não impôs a regra de não tocar por baixo do espartilho!

— Por favor, desista, mãe! — reclamou Jane. — A senhora não faz ideia da dor que me causa com suas constantes reflexões sobre o sr. Bingulin. Esqueçamos esse assunto — continuou ela, triste. — Ele logo será esquecido, e nós devemos voltar a ser o que éramos antes.

Elizabeth lançou um olhar incrédulo para a irmã.

— Querida Jane, você é boa demais! Gostaria de ter metade da sua doçura. Ele é um escroto com fobia de compromisso e, se um dia eu voltar a vê-lo, certamente lhe direi isso.

— Oh, Lizzy, imploro que não o faça!

— Não, como ele se atreve a deixá-la acreditar que o carinho que dizia sentir por você era genuíno, quando, na verdade, a intenção dele era cair fora e seguir para o Havaí?

Jane deu um sorriso triste.

— Por favor, Lizzy, você não tem por que reprová-lo. Se houve algum mal-entendido, asseguro-lhe que foi de minha parte. Por favor, não vamos mais falar sobre ele.

Elizabeth não pôde se opor a tal pedido e, a partir daquele momento, o nome do sr. Bingulin raramente era mencionado por elas. A sra. Bennet, porém, ainda lamentava a partida do sr. Bingulin de Netherfield e estava convencida de que ele voltaria após a temporada no Pacífico e, se Jane apenas desse mole para ele, talvez voltasse a despertar seu interesse.

Em uma manhã, após o desjejum, quando Elizabeth voltava à Longbourn depois de um passeio pelos arredores, encontrou uma jovem de aparência desgrenhada aguardando na escada na frente da casa. Ao ver Elizabeth, a mulher fez uma mesura e anunciou:

— Trouxe uma mensagem para a senhorita. Do sr. Darcy de Pembaley.

A jovem estava pálida e parecia exausta; as botas e a bainha do vestido estavam emplastadas de lama.

— Céus! Então, você cruzou todo o caminho desde Derbyshire? — perguntou Elizabeth, surpresa.

— O sr. Darcy me disse que era urgente, senhorita, e que eu não descansasse até entregar a carta em suas mãos. Caminhei durante quatro dias sem parar. — Ao dizer isso, ela tirou um pedaço de papel do bolso, dobrado e com o distinto selo do brasão da família Darcy: dois perus garbosos.

Elizabeth murmurou um agradecimento e abriu o selo. A mensagem dizia:

Querida srta. Bennet,
Não me foi possível aguardar mais por uma carta sua; então, tomei a liberdade de enviar uma jovem para que a conversa que começamos em Hunsford possa chegar a uma conclusão satisfatória.

— Ainda não entendo por que o sr. Darcy achou adequado enviar você — comentou Elizabeth, dirigindo-se à criada. Isso é desconcertante. Você deve ter ficado vulnerável de todas as maneiras a todos os perigos da estrada.

— O sr. Darcy disse que não confiaria que um rapaz entregasse a carta, senhorita. Ele disse que as mulheres são mais confiáveis.

Tinha de existir algum meio de comunicação mais eficiente e rápido do que aquele, pensou Elizabeth. Talvez um dia, em um futuro distante, alguém inventasse outro método. Até lá, porém, as jovens teriam de dar conta do recado.

Ela continuou:

> Agora que teve tempo para ruminar sobre o assunto, espero que esteja mais receptiva a considerar os termos do meu contrato sexual. Creia-me, Elizabeth, não existe nada que eu deseje mais do que você se tornando minha submissa. Acredito que você também sentiria muito prazer. Por favor, aceite um encontro para que possamos discutir os limites rígidos e os limites brandos e para que eu possa dirimir quaisquer

dúvidas ou preocupações que possa ter. Envie sua resposta por outra jovem. Estarei aguardando.
Cordialmente, Fitzwilliam Darcy

Elizabeth se sentiu tonta, e a boca tornou-se repentinamente seca. Na verdade, esperara que, de alguma forma, o sr. Darcy esquecesse a questão do contrato. Mas ficou claro que, se quisesse qualquer tipo de relacionamento com aquele bilionário complicado e taciturno, teria de ser em termos formais.

Lembranças do sr. Darcy batendo em sua bolsinha lhe voltaram à mente. A humilhação daquele momento! Ainda assim, embora tivesse ficado abalada, era obrigada a admitir que também ficara excitada. Ele era tão magistral, tão controlado, que era fácil imaginar a si mesma rendendo-se aos caprichos dele — permitindo que ele a amarrasse, a despisse e a deixasse vulnerável para fazer o que lhe agradasse... O pensamento era excitante, e ela gemeu baixinho.

— A senhorita está bem? — A voz estridente da criada trouxe Elizabeth de volta à realidade.

— Obrigada — agradeceu Elizabeth, abanando-se com a carta. — Dê a volta e vá até a cozinha tomar algum refresco. Sem dúvida, deve estar cansada.

— E quanto à sua resposta, senhorita?

— Não se preocupe. Enviarei uma jovem de minha escolha no devido tempo.

Na verdade, assim que tirou o casaco e o chapéu, Elizabeth seguiu em direção ao seu quarto para escrever uma carta para o sr. Darcy. Com dedos trêmulos, mergulhou a pena na tinta e escreveu:

Sr. Darcy,
Sua mensagem chegou às minhas mãos em um momento de grande turbilhão interior. Estou indecisa e perdida, sem saber o que fazer. Não estou próxima de tomar uma decisão.

Uma vez mais, o senhor tem uma vantagem sobre mim. Como bem sabe, sou completamente ignorante nos assuntos da carne. Minhas irmãs são tão mal-informadas quanto eu, e não me atrevo a perguntar à mamãe por temer ter de ouvi-la contar, uma vez mais, com riqueza de detalhes, sobre a vez que ela chupou o pau do príncipe regente. Pensei em consultar a velha vovó Google na vila, pois, quando era jovem, foi amante de vários cavalheiros da mais alta estirpe e sabe muito sobre essas questões. Embora eu tenha dúvidas quanto ao que ela poderia me dizer sobre

Cinquenta tons do sr. Darcy

sadomasoquismo. Pelas histórias que ela conta para as leiteiras, não creio que essa fosse a preferência dela.

Mas as minhas perguntas relativas a sexo podem esperar. O que eu gostaria de saber é por que o senhor se deixou humilhar daquela forma em Rosings ao usar aquele cuecão de couro. Que poder Lady Catherine exerce sobre o senhor? E, se eu permitisse que o senhor se tornasse o meu dominador, seria necessário que eu vestisse algo semelhante?
Atenciosamente, Elizabeth Bennet

Aguardou até a tarde e, então, enviou um criado até Meryton com instruções para encontrar uma jovem robusta capaz de entregar uma mensagem em Derbyshire. Em questão de dias, outra jovem chegou à Longbourn, enviada pelo sr. Darcy.

Minha querida srta. Bennet,
Lady Catherine não detém qualquer poder sobre mim. Eu sirvo a ela de boa vontade. Ela foi minha dominadora por muitos anos depois que saí de Picon e me ensinou tudo o que sei sobre o ato sexual. Quanto ao cuecão de couro, se não quiser usá-lo, não forçarei a questão. Entretanto, eu adoraria ver o couro separando suas nádegas joviais.

Quanto às suas perguntas sobre sexo, por favor, faça-as a mim. Prometo que as responderei honestamente.

Atenciosamente etc.,

Fitzwilliam

Outra jovem de boa vontade partiu de Longbourn com a resposta de Elizabeth:

Sr. Darcy,
Lady Catherine foi sua dominadora? Mas ela é tão horrivelmente velha — já deve ter uns 35 anos! E o senhor devia ser tão jovem e vulnerável. Como ela pôde fazer uma coisa dessas?
Elizabeth Bennet
P.S.: Uma mulher pode engravidar com um beijo na boca?

Srta. Bennet,
Lady Catherine me salvou de mim mesmo. Não fosse por ela, eu seria um fodido, mal-humorado, controlador e perdedor. Isso em oposição a fodido, mal-humorado, controlador e bilionário bem-sucedido.

A resposta para a sua pergunta é não. Uma mulher só engravida com um "tipo especial de abraço". E fique tranquila, pois não daremos esse tipo de abraço.
Cordialmente etc.

Sr. Darcy,
É verdade que, se o membro de um homem ficar ereto, faz mal para a saúde dele se ele não for capaz de encontrar um alívio subsequente?
Cordialmente,
Elizabeth

Srta. Bennet,
Sim, é verdade. Ele pode morrer. Então, temos de nos assegurar de que isso *nunca aconteça*.
Fitzwilliam

Mulheres foram enviadas de lá para cá entre eles pelos quinze dias que se seguiram, até que o sr. Darcy escreveu que, dentro em breve, visitaria Netherfield a pedido do sr. Bingulin para tratar de alguns negócios imobiliários em seu nome. A notícia atirou Elizabeth em um turbilhão de emoções. Embora a sádica interior desejasse muito ver o sr. Darcy novamente — sentir o cheiro do sabonete corporal almiscarado e ser analisada pelos olhos cinzentos penetrantes —, seu subconsciente lhe avisou que ficasse alerta. Cada momento que passava com o sr. Darcy a fazia ficar mais próxima de um precipício, precipício este que se agigantava sobre um grande abismo de infâmia e perversão. *Hummm, nem consigo imaginar.*

Às sete horas da noite seguinte, Taylor chegou a Longbourn em um pequeno fáeton puxado por uma égua cinzenta.

— Devo pegar a senhorita e levá-la até a Pousada do Roger. — Seu rosto plebeu trazia uma expressão escusatória. — Ordens do sr. Darcy, senhorita.

Ordens do sr. Darcy, pois sim! Elizabeth se arrepiou. Ele era tão arrogante! Ainda assim, tão irresistivelmente desejável!

— Obrigada, Taylor. Voltarei em um minuto.

Agarrando o manto e a bolsinha de modo desajeitado, Elizabeth saiu de casa. Estava ciente do olhar da mãe através da janela do quarto. *O que será que mamãe estava tentando dizer?*, perguntou-se Elizabeth, observando sua mãe apontar para ela e, depois, balançar os seios com ambas as mãos para que eles tremulassem como um pudim gigante.

Cinquenta tons do sr. Darcy

Taylor ajudou Elizabeth a subir no fáeton. Estava frio, e ela puxou a capa para junto do corpo enquanto a viagem para Meryton começava.

— O sr. Darcy está bem? — perguntou ela a Taylor.

— Tão bem quanto o esperado, senhorita — foi a brusca resposta.

— Oh, ele esteve doente?

Taylor continuou com os olhos pregados à frente.

— Ele tem estado... distraído, senhorita. Nada parecido com o que costumava ser. — Por um momento, Elizabeth permitiu-se pensar que ela poderia ser o motivo da preocupação do sr. Darcy.

— Confesso que não estou familiarizada com o jeito do sr. Darcy — comentou ela. — Como o senhor descreveria sua personalidade de forma geral, Taylor? Ele trata bem os criados?

Taylor se virou e sorriu, e seu rosto barbado típico da classe mais pobre pareceu quase humano.

— Nesse aspecto, ele é o melhor que há, senhorita. Todos nós ganhamos um xelim por ano e um dia e meio de férias.

— Realmente um acordo bastante generoso!

— Oh, mas o sr. Darcy é um homem maravilhoso — continuou Taylor. — Todo o trabalho filantrópico que ele faz para os pobres! E não há como negar sua adoração pela irmã caçula. Não há nada que ele não faça por ela.

Ele devia estar falando de Georgiana, sobre quem Curraline e Vagalucy tanto falavam — a jovem dama que acreditavam ser perfeita para o sr. Bingulin em detrimento de Jane, sua querida irmã.

— Então, estabelecemos que ele é um irmão amoroso e um patrão benevolente. Por certo ele deve ter algum defeito — comentou ela em tom de provocação.

— Bem, senhorita, agora que mencionou, ele é um maníaco sexual incurável.

Seguiram em silêncio e, ao virarem a curva da estrada que levava à pousada, Elizabeth sentia o estômago agitado de antecipação. *Puta merda, estava nervosa.*

O sr. Darcy estava de pé na porta da pousada, apoiado casualmente em um muro baixo, bebendo uma taça de vinho tinto. Estava vestido no estilo de costume: camisa de linho branco, calças cinza e, dessa vez, só para variar um pouco, um sombreiro na cabeça. Abaixo dele, o cabelo estava desalinhado de forma sexy. Ela havia se esquecido de como ele era *gostoso*! Elizabeth o encarou boquiaberta por alguns instantes.

Cinquenta tons do sr. Darcy

— Permita-me, srta. Bennet. — O sr. Darcy deu um passo à frente e limpou a baba que escorria pelo queixo de Elizabeth. Com a mão sexy, ele a ajudou a descer do fáeton. Inclinando a cabeça para um lado e o quadril para o outro, o sr. Darcy a analisou.

— Você está linda — elogiou ele, com um murmúrio. — Este vestido lhe cai bem.

Elizabeth deu um sorriso tímido. No fim das contas, renda transparente acabou sendo uma escolha acertada.

— Vamos entrar?

Juntos atravessaram o bar agradável, onde fazendeiros com mãos nodosas e trabalhadores de aparência rude curvavam-se sobre suas jarras de cerveja barata, e entraram em uma sala de jantar privativa à esquerda. Elizabeth arfou: a mesa estava repleta de cestas de flores, frutas frescas e cristalizadas. No candelabro, três velas tremulavam de forma sedutora, fazendo a prataria e os cristais sobre a mesa reluzir. O cenário era mais romântico do que jamais sonhara. O sr. Darcy puxou a cadeira em uma das extremidades da longa mesa montada sobre cavaletes e, depois, sentou-se do lado oposto, em frente a ela. Ele sorriu, e os longos dedos se esticaram para pegar uma cereja num prato próximo.

— Pensou sobre o meu contrato, srta. Bennet? — A voz dele soava ardente, e seus olhos queimaram os dela como o fogo sexy de duas tochas.

Elizabeth tomou um gole de vinho.

— Pensei, sr. Darcy — declarou ela. — Mas não posso concordar com tudo o que o senhor pede.

— O quê?

— Eu disse *não posso concordar com tudo o que o senhor pede*. Será que poderíamos nos sentar mais próximos um do outro?

— Ficará tudo bem — gritou o sr. Darcy. — Desde que nós dois proclamemos nossas falas. — Enfiando a mão no bolso do paletó, retirou um maço de papéis — Tenho uma cópia do contrato bem aqui.

Elizabeth, nervosa, tomou outro gole de vinho. O sr. Darcy olhou para baixo e passou os olhos pela primeira página.

— Vejamos... nada de introdução de punho. — Uma criada que entrava no aposento naquele instante com uma jarra de cerveja se sobressaltou e derramou tudo no chão. — Creio que já falamos sobre essa cláusula — continuou o sr. Darcy. — Você tem alguma outra preocupação, Elizabeth?

— Não sei por onde começar — exasperou-se Elizabeth. — O que o senhor me pede está muito além da minha experiência.

— Então, repassemos todos os pontos do contrato, cláusula por cláusula — sugeriu o sr. Darcy, colocando os papéis sobre a mesa bem na frente dele. — "Cláusula 1: atividades sociais" — começou ele. — "O Dominador é livre para visitar mesas de jogos, qualquer casa de má reputação ou o seu clube de bebidas sempre que quiser. Quando a Submissa perguntar aonde ele está indo, o Dominador poderá responder 'por aí'. A Submissa poderá sair das premissas uma vez a cada dois meses, na companhia de Taylor, para comprar roupas íntimas sensuais."

O sr. Darcy fez uma pausa.

— Essas cláusulas em particular não são negociáveis, Elizabeth — declarou ele com firmeza. — Você não está segura andando por aí sozinha. Preciso protegê-la de qualquer perigo. "Cláusula 2: Cuidados pessoais. A Submissa se manterá sempre depilada, raspada, esfoliada, depenada, descolorada e desodorizada."

Oh, meu Deus! Elizabeth corou profundamente enquanto o sr. Darcy pousava os olhos cinzentos e ardentes sobre ela.

— Desejo você como um frango bem-passado, Elizabeth — declarou ele, sedutor. — Pronta para levar uma sova. Estamos de acordo?

Elizabeth concordou com a cabeça. Os dois goles de vinho que tomara deixaram sua mente anuviada, e ela estava encontrando dificuldades para se concentrar.

— "Cláusula 3: Alimentação. A Submissa consumirá alimentos quando o Dominador assim comandar. A Submissa não escolherá os alimentos, mas os consumirá a partir de um menu organizado pelo Dominador e preparado pela empregada, a sra. Jones. Os alimentos que não tragam benefícios diretos para a saúde da Submissa, tais como chocolate, estão proibidos."

— Espere um pouco. Sem chocolate? — perguntou Elizabeth, por fim encontrando a voz. — Este certamente é um ponto que pode inviabilizar o negócio para mim, sr. Darcy.

O sr. Darcy lançou um olhar raivoso. Permaneceu em silêncio por alguns instantes, analisando-a com olhos que brilhavam como coisas brilhantes.

Elizabeth sentiu que a autora estava ficando sem palavras para descrever os olhos dele.

— Pois muito bem — disse ele por fim. — Chocolate será permitido.

Elizabeth sorriu. A vitória era pequena, ela bem sabia, mas o que seria uma escravidão sexual sem chocolate?

— "Cláusula 4: Exercícios. A Submissa não deverá fazer *jogging*, correr, praticar esportes de contato, nadar, montar ou se engajar em quaisquer atividades que a coloquem em risco de se ferir. Entretanto, a Submissa poderá praticar ioga ou exercícios aeróbicos moderados, desde que use apenas uma tanga de laicra diminuta. O Dominador poderá assistir à prática."

— As caminhadas pelo campo são permitidas? — perguntou Elizabeth, pensando em como sentiria falta de suas saídas diárias caso elas lhe fossem proibidas.

— Já disse, srta. Bennet, não a quero vagando por aí sozinha. Você pode tropeçar em uma moita.

— E se Taylor me acompanhar?

O sr. Darcy estreitou os olhos enquanto considerava o pedido.

— Não posso permitir tal coisa — respondeu ele, por fim. — Os arredores de Pembaley são montanhosos, e não permitirei que perambule nos locais onde a inclinação do terreno não seja plana. Podemos continuar? "Cláusula 5: Obrigações domésticas. A Submissa será responsável por lavar e passar, limpar a poeira e faxinar os banheiros duas vezes por semana. Se o Dominador deixar as meias e as calças no chão, a Submissa deverá pegá-las e colocá-las na cesta de roupa suja. Se ocorrer de o Dominador deixar a tampa da privada levantada, caberá à Submissa abaixá-la..."

"Espere um pouco, há algo realmente estranho nessa parte", murmurou o subconsciente de Elizabeth.

— "A Submissa terá o direito de pedir ao Dominador para retirar o lixo uma vez por semana e prender qualquer prateleira frouxa que necessite de realinhamento. Embora a realização ou não de tais tarefas seja prerrogativa do Dominador."

Naquele momento, a leitura do sr. Darcy foi interrompida pela chegada de outra criada, trazendo o primeiro prato. Colocou uma bandeja de língua de boi na mesa, e o sr. Darcy a cutucou com o garfo.

— Espero que goste de língua, srta. Bennet — provocou ele.

Elizabeth suspirou e ergueu as sobrancelhas.

— Estaria o senhor fazendo uma referência indireta sobre cunilíngua, sr. Darcy?

O sr. Darcy se sobressaltou e, por um momento, lutou para falar, e tudo o que conseguiu fazer foi olhá-la, parecendo confuso.

— Nós dois sabemos como isso funciona — balbuciou ele por fim. — Eu faço as insinuações e a senhorita apenas fica vermelha.

— Oh. Eu sinto muito. Não sei o que deu em mim — desculpou-se Elizabeth, enquanto um rubor lhe subia pelo rosto perfeito. — Não, sr. Darcy — respondeu ela num sussurro chocado. — Não estou acostumada com língua.

— Pois terá de se acostumar e gostar, se for morar em Pembaley comigo — respondeu o sr. Darcy, lascivo, com os olhos passeando por aquele corpo perfeito.

Morar com ele em Pembaley! O coração de Elizabeth disparou no peito.

O sr. Darcy cobriu a língua com molho e espalhou bastante pimenta.

— Você quase não tocou na comida, Elizabeth — reprovou ele. — Você precisa comer. Precisará consumir o mesmo número de calorias de um remador olímpico para acompanhar o meu intenso regime de atividades sexuais. Será o equivalente a participar de uma regata entre Oxford e Cambridge todos os dias.

Elizabeth se abanou com o guardanapo.

— Será tão árduo assim, sr. Darcy?

— Oh, sim, srta. Bennet, realmente será — confirmou o sr. Darcy em voz baixa, e os olhos cinzentos brilhando como aço fundido. — Quando eu trepo, eu trepo com força.

Elizabeth estremeceu. O sr. Darcy deu outra garfada de língua.

— Agora que concordamos com algumas regras básicas, o que a senhorita tem a dizer? Irá para Pembaley comigo para ser a minha escrava sexual?

Perdida em pensamentos, Elizabeth roeu as unhas. O sr. Darcy rosnou de desejo.

— Diga que sim, Elizabeth.

Ela olhou nos olhos cinzentos e esfumaçados, que soltavam faíscas como salsichas na brasa.

— Sim — suspirou ela.

— Então, não esperemos mais Elizabeth — murmurou ele. — Neste momento, eu só consigo pensar em arrancar o seu vestido e espancá-la até que fique toda roxa.

Os nervos de Elizabeth começaram a formigar. A voz dele era irresistível, e uma onda de desejo tomou todo o seu corpo.

— Desejo você, Elizabeth. Aqui. Agora.

Elizabeth lançou um olhar ansioso para dois criados que estavam próximos à porta.

— E agora mesmo eu sei que você me quer.

Ela franziu o cenho. A arrogância dele não conhecia limites!

— Como pode estar tão certo disso? — perguntou ela.

— Sei porque seu corpo está entregando você — respondeu o sr. Darcy, confiante. — Seu rosto está vermelho e sua respiração está alterada. Além disso, você tirou as roupas e está nua sobre a mesa, e apenas um cacho de uvas cobre suas partes íntimas.

Elizabeth olhou para baixo. *Puta merda, ele estava certo!* Nem sequer notara que se despira. Por que ele exercia efeito tão potente sobre ela?

— Taylor! — Ao comando do sr. Darcy, o rosto com barba por fazer do criado apareceu por baixo da toalha de mesa. — Seja gentil de preservar o recato da srta. Bennet.

Desviando o olhar, Taylor cobriu o corpo de Elizabeth com seu manto.

— Tomei a liberdade de reservar um quarto — declarou o sr. Darcy. — Taylor a carregará para cima.

— O senhor vem também? — perguntou Elizabeth, enquanto era erguida pelos braços plebeus e pobres de Taylor. O vinho que tomara a deixara tonta, mas também lhe dava coragem.

— Nunca dormi no mesmo quarto que uma mulher, Elizabeth — contou ele em tom sombrio. E, por um momento, o rosto bonito assumiu uma expressão triste.

— Então, talvez o senhor possa fazer uma exceção esta noite?

— Não posso dormir ao seu lado — declarou ele, triste. — Mas irei até você mais tarde para apalpá-la.

Apalpar! Ela se derreteu por dentro.

Com cuidado, Taylor carregou Elizabeth através de uma pequena porta no canto do aposento a qual levava até uma escada estreita.

Graças a Deus não teve de ser levada pelo bar e ser exposta aos olhares provocativos dos membros das classes inferiores. A escada levava até um pequeno quarto no sótão, que contava com poucos móveis, apenas uma cama e um lavatório.

— Obrigada, Taylor — agradeceu Elizabeth, enquanto o criado musculoso a pousava, gentilmente, sobre as tábuas do piso. Taylor apenas acenou com a cabeça e se virou para partir, mas pareceu hesitar.

— Apenas uma coisa, senhorita — disse ele apressado, entregando-lhe algo. — Talvez precise disto.

Ele desapareceu antes que ela tivesse a chance de ler o rótulo do pequeno tubo que ele lhe entregara.

— Hmm, KY — disse ela em voz alta. — Parece delicioso. — Será que é para passar na torrada?

Ela passou um pouco nos lábios e fez uma careta. Sentia muito ter de fazer pouco do presente de Taylor, mas não chegava aos pés da marmelada de Cragg.

Despejando o conteúdo do tubo dentro do lavatório, Elizabeth se lançou sobre a cama e se cobriu. Logo o sr. Darcy estaria ali, e ela precisava se manter acordada. Contudo, os dois goles de vinho que tomara e os nervos à flor da pele fizeram com que adormecesse.

Em algum momento da noite, teve a vaga sensação de sentir o sr. Darcy se deitando nu na cama — ou será que fora um sonho? Ele esticou a mão, envolveu seu seio direito e o apertou com gentileza.

— Bi-bi! Fom-fom! — sussurrou ele.

Se já existiu um homem que precisava ser salvo de si mesmo, pensou Elizabeth através do nevoeiro de sono, aquele homem era Fitzwilliam Darcy.

A Elizabeth parecia que mal tinha fechado os olhos quando o sol começou a entrar pela janela como um ladrão. Suspirando, aconchegou-se mais aos lençóis, gozando da sensação do algodão contra seu corpo. Partiria naquele dia de Hertfordshire. Seria capaz de desistir da vida que levava em Longbourn, suas caminhadas de um lado para o outro da sala e trabalhos de bordado, as lições de piano e os planos de replantar o jardim de ervas? Seria capaz de deixar toda a sua vida para trás para se tornar uma submissa sexual?

A janela estava entreaberta, e Elizabeth ouviu vozes vindas do jardim abaixo. Sobre a conversa usual dos criados do estábulo, reconheceu o tom grave de Taylor e a voz sexy e profunda do sr. Darcy. Aquilo atiçou sua curiosidade, saiu de debaixo das cobertas e puxou a cortina. *Santa bolinha tailandesa!* Ali, no pátio da pousada havia uma visão magnífica: Charlie Tango erguendo-se, orgulhoso e pronto, ereto em seu tamanho máximo, aguardando por ela. Nunca vira algo tão impressionantemente enorme. O sr. Darcy, de camisa branca aberta no pescoço e calças de montaria de flanela cinza, não olhou para cima, tão concentrado estava em manejar os sacos de areia sobre a borda do cesto de Charlie Tango.

Elizabeth ficou ali por um momento, hipnotizada pela cena que se desenrolava lá embaixo. Naquele momento, o alvorecer já esticava os dedos de luz, que, suavemente, acariciavam as montanhas distantes e aprofundavam-se sobre os campos lavrados. Os raios de sol banharam a forma atlética e flexível do sr. Darcy como uma chuva dourada, fazendo com que seus cachos acobreados brilhassem em um tom avermelhado. Elizabeth se afogou naquela visão. Uma vez mais sentiu uma onda de desejo por aquele bilionário sexy, complicado e proprietário de terras.

Vestiu, apressada, o mesmo vestido fino que usara na noite anterior. Quando estava prestes a sair do quarto, seus olhos pousaram em ceroulas masculinas dobradas sobre uma cadeira ao lado da cama. Então ela não sonhara — o sr. Darcy realmente estivera em seu quarto.

Elizabeth sorriu. Será que teria coragem? Apressou-se em vestir as ceroulas sobre as pernas nuas. O sr. Darcy nunca adivinharia que ela estava usando suas roupas íntimas! Embora talvez ele pudesse suspeitar que algo estivesse errado se ela ficasse tocando suas partes de baixo, pensou consigo mesma enquanto coçava com vigor sua feminilidade. Aquele tecido de lã pinicava sobremaneira.

Ainda se coçando de forma deveras indecorosa, Elizabeth saiu do quarto e desceu correndo as escadas, passou pelo bar até chegar ao pátio. Apesar de suas reservas sobre deixar Hertfordshire, sentia uma excitação crescente ao olhar para Charlie Tango tão de perto. O balão era impressionante, desde a abóbada de listras amarelas e vermelhas até o amplo cesto de vime.

O rosto do sr. Darcy estava impassível.

— Bom-dia, srta. Bennet — cumprimentou ele, friamente. — Partiremos em pouco tempo. Se a senhorita procurar nos bolsos das minhas calças, encontrará um churro recheado com doce de leite que preparei para o seu desjejum.

— Não estou com fo... — começou Elizabeth, mas a expressão no rosto do sr. Darcy mostrou-lhe que ele não queria ouvir nenhuma negação de sua parte. Afinal de contas, ele agora era o seu mestre.

— Coma, Elizabeth — rogou ele. — Faça isso por mim. — Seus olhos cinzentos de repente pareciam tristes, como os de um coala cujos bosques de eucalipto foram arrancados por fazendeiros.

Elizabeth se sentiu tocada.

— Pois bem. Tomarei o desjejum desta vez, se isso o satisfaz — declarou ela. Dando um passo à frente, enfiou a mão no bolso da frente da calça do sr. Darcy, o que era uma façanha, pois era bem justa. Depois de procurar por alguns minutos em vão, Elizabeth retirou a mão com uma expressão questionadora no rosto.

— Tente o outro bolso — sugeriu o sr. Darcy.

Cinquenta tons do sr. Darcy

Os dedos de Elizabeth mergulharam no bolso e buscaram em todos os cantos, porém, uma vez mais, sua busca foi em vão. O sr. Darcy parecia agitado, o olhar carregava um brilho selvagem e a respiração estava ofegante. A perda do churro parecia estar causando-lhe muito sofrimento.

— Não está aí! — exclamou Elizabeth, exasperada em sua busca por um café da manhã que ela nem queria.

— Continue procurando! — arfou o sr. Darcy. — Sei que está aqui em algum lugar!

Naquele momento, Elizabeth se deu conta de qual era a verdadeira intenção do sr. Darcy.

— Não há nenhum churro, não é mesmo, sr. Darcy? — acusou ela, retirando imediatamente a mão do bolso. — Não acredito que o senhor esteja tentando conseguir prazer sexual à minha custa, na minha busca inocente por um churro.

Os olhos do sr. Darcy estavam presos nos dela, e o que ela viu quase a fez desmaiar.

— A senhorita pode me culpar, srta. Elizabeth? — perguntou ele com voz rouca. — Eu já lhe disse que acho difícil me controlar quando estou em sua companhia. — Ele deu um suspiro profundo. — Perdoe-me. Eu tenho um coração bastante sombrio.

Elizabeth percebeu que aquelas palavras não eram de Fitzwilliam Darcy, o bilionário pervertido sexual, mas sim de Fitzwilliam Darcy, o estudante que sofreu abuso. Se ao menos ele lhe mostrasse suas vulnerabilidades de forma mais frequente para que ela pudesse conhecê-las.

De repente, o humor do sr. Darcy pareceu mudar, e seus modos voltaram a ser formais.

— Vamos colocá-la no cesto, srta. Bennet — disse ele, inclinando-se para a frente e erguendo Elizabeth em seus braços musculosos. Ele. Era. Tão. Forte. Ela estava indefesa, tal qual uma boneca de retalhos. Ela era dele para ele fazer o que quisesse. Para tomar chá ou, mais provável, para treparem até que ela perdesse os sentidos. Ele detinha todo o poder.

Como se estivesse lidando com uma peça delicada de porcelana, o sr. Darcy a colocou gentilmente dentro do cesto sem nunca deixar de encará-la. Ele pegou o próprio fraque e o amarrou firme pelos ombros dela.

— Precisamos amarrá-la, srta. Bennet — murmurou ele. — Sabemos como você é propensa a acidentes.

Havia vários cintos e fivelas presos às laterais do cesto, e o sr. Darcy se ocupava em amarrá-la ao banco. A respiração dele se acelerou enquanto ajustava e apertava cada correia, e Elizabeth temeu que ele se excitasse uma vez mais e ela se encontrasse novamente com a situação do churro nas mãos. Por fim, contudo, depois de atar todas as mechas do cabelo dela aos cabos do balão, o sr. Darcy pareceu satisfeito e recuou para admirar seu trabalho.

— Está pronta, srta. Bennet? — sussurrou ele. Ela concordou com a cabeça, com os nervos à flor da pele de tanta excitação. — Então, lá vamos nós, baby! — exclamou ele. E, ao dizer isso, liberou uma explosão de gás.

Elizabeth arfou de prazer à medida que Charlie Tango se elevava do ancoradouro, devagar. Novas explosões de gás fizeram o balão subir ainda mais, passando por sobre a copa das árvores que se alinhavam à margem da estrada que levava à pousada. Subindo cada vez mais até que tudo o que ela ouvia era o som do vento e Taylor não passava de uma mancha indistinta com a barba por fazer lá embaixo no chão.

A princípio, Elizabeth segurou a beirada do cesto com tanta força que as pontas de seus dedos chegaram a doer, mas, à medida que ascenderam, começou a relaxar os dedos de forma gradual. O sr. Darcy fazia com que se sentisse segura. Ele era tão capaz, sempre no comando! Com uma das mãos sobre a alavanca de gás e a outra beliscando seus mamilos, ele se concentrava bem à frente e seus olhos observavam o horizonte. Às vezes, ele lhe lançava um olhar e sorria.

— Você gosta daqui, Elizabeth?
Ela sorriu.
— Muito, sr. Darcy.
— Olhe isto. — O sr. Darcy se aproximou da beirada do cesto, onde os sacos de areia estavam presos. — Soltarei um! — anunciou ele, com um sorriso travesso nos lábios.
— Por favor, não faça isso! — gritou Elizabeth.
Com um tapa, o sr. Darcy soltou um saco de areia. O balão, de repente, se ergueu mais em direção ao sol, e Elizabeth sentiu seu estômago embrulhar. Ela sorriu para ele. Ele parecia jovem e despreocupado.
— Gostaria de controlar o balão desta vez? — ofereceu ele com os olhos cinzentos dançando de alegria. — A senhorita pode pilotar Charlie Tango, se quiser.
Elizabeth ficou pasma.
— Como... Como funciona? — perguntou ela, nervosa.
— Bem, todos os balões de ar quente funcionam sob um princípio científico bastante simples — explicou o sr. Darcy. — O ar quente se eleva sobre o ar frio. Essencialmente, o ar quente é mais leve do que o ar frio porque tem menos massa por unidade de volume e, assim, a força de flutuação age sobre o balão e o mantém flutuando. Está entendendo?

Elizabeth concordou com a cabeça.

— O processo pode ser entendido se você pensar no Princípio de Arquimedes: qualquer corpo completamente ou parcialmente submerso em um líquido flutua por uma força igual ao peso do fluido deslocado pelo corpo.

— Eu queria saber — interrompeu Elizabeth — se há algum tipo de controle ou algo assim.

— Oh. Não, nada disso. Só abrimos e fechamos isto aqui — explicou o sr. Darcy, indicando o controle do bico de gás de hidrogênio. Ele se inclinou e soltou as correias que prendiam as mãos dela.

Elizabeth agarrou o controle, e as chamas se elevaram, famintas, em direção à abóbada acima.

— Opa! Devagar, baby! — exclamou o sr. Darcy de um modo bem diferente do usado no século XIX. — O toque deve ser leve.

Elizabeth logo ajustou a pegada, e o balão se estabilizou e planou sob seu comando, elevando-se e baixando pelo ar frio da manhã.

— Para cima, para baixo. Para cima e para baixo — orientou o sr. Darcy, enquanto ela ativava e desativava o bico de gás. Ele sorriu para ela com olhos brilhantes.

— Boa menina — elogiou ele com tom de voz sexy ou condescendente, dependendo do ponto de vista.

— A senhorita sabe o que é um Clube Especial de Milhagem Aérea, Elizabeth?

Elizabeth meneou a cabeça.

— Confesso que não faço a mínima ideia, sr. Darcy.

Os lábios refinados de sr. Darcy se abriram em um sorriso.

— Os membros do Clube Especial de Milhagem Aérea empenharam-se para aproveitar os prazeres do ato de amor enquanto voavam.

Elizabeth ficou surpresa.

— Mas balões de ar quente são uma invenção recente — retorquiu ela. — Creio que não haja muitas mulheres que já tenham viajado neles.

O sr. Darcy pareceu desconfortável.

— É verdade que nos primeiros voos tripulados, os aeróstatas levavam animais, principalmente ovelhas, com eles a fim de testarem os efeitos da altitude.

Elizabeth arregalou os olhos.

— Então, eles...?

— Quem pode saber, Elizabeth — cortou o sr. Darcy. — Mas o princípio é bastante interessante, não?

Os olhos cinzentos estavam pousados nela. Elizabeth teria se retorcido sob tal escrutínio, mas, amarrada como se encontrava, mal conseguia se mover.

— O senhor já... o senhor já trouxe Lady Catherine até aqui? — obrigou-se ela a perguntar.

— Não, Elizabeth — respondeu ele em voz baixa. — Esta é a primeira vez para mim.

— E ela já dormiu no quarto com o senhor?

— Nunca. Não creio que ela queira que eu a veja sem maquiagem e sem suas próteses.

— Próteses? — Elizabeth estava curiosa.

— Filés de frango, Elizabeth — explicou o sr. Darcy, paciente. — Ela os usa para aumentar o tamanho dos seios.

Elizabeth poderia ter se abraçado de tanta alegria se o sr. Darcy não houvesse voltado a amarrar suas mãos. Então, os seios de Lady Catherine não eram tão magníficos!

— Pembaley! — gritou o sr. Darcy, de repente, e apontou para leste. — Veja, Elizabeth, está vendo?

Àquela distância, tudo o que Elizabeth podia ver era uma grande casa cercada por jardins bem-cuidados próxima a algumas montanhas.

— É impressionante! — arfou ela. A casa era pelo menos três vezes maior do que Netherfield e ultrapassava essa propriedade também em termos de elegância. Mas como chegamos aqui tão rápido? Deixamos Hertfordshire há mais ou menos uma hora.

— Era imperativo que chegássemos rápido — respondeu o sr. Darcy. — Os leitores já estão começando a se impacientar. Agora que estamos em Pembaley, podemos começar com as partes realmente cheias de sacanagem.

— Será que você poderia assinar o livro de visitas? — pediu o sr. Darcy a Elizabeth quando entraram no vestíbulo imponente, todo revestido de mármore.

Elizabeth olhou ao seu redor com assombro, corando ao ver os afrescos de freiras batendo umas nas outras com suas toucas. Tanta grandiosidade e... um gosto tão *peculiar*!

— É claro — respondeu ela. — Será um prazer.

O sr. Darcy lhe ofereceu o livro, juntamente com uma caneta de pena.

— Ambiente adorável — escreveu ela, apressada. — E o tempo está maravilhoso. Tenho certeza de que me divertirei muito.

— Ha! — exclamou o sr. Darcy, triunfante, fechando o livro. — A senhorita acabou de assinar o meu contrato de confidencialidade.

Cinquenta tons do sr. Darcy

— Como assim, sr. Darcy?

— Trata-se de um documento legal que a proíbe de mencionar para qualquer pessoa o que se passa em Pembaley.

Elizabeth engoliu em seco, nervosa. O que exatamente acontecia em Pembaley? Apesar do medo, empenhou-se para soar corajosa.

— Então, o senhor tem a minha palavra de que permanecerei em silêncio. Isso quer dizer que você vai fazer amor comigo hoje à noite, sr. Darcy?

— Em primeiro lugar, gostaria de esclarecer bem as coisas para você. Veja bem, srta. Bennet — disse ele —, eu não faço amor. Eu transo, eu como, eu fodo, eu trepo.

Elizabeth sentiu o pulso acelerar. *Transar! Aquilo parecia tão... quente.*

— Em segundo lugar, há muitas coisas a fazer antes de começarmos sua iniciação. A senhorita precisa comer e descansar. Permita que eu a leve até os seus aposentos.

O sr. Darcy atravessou o vestíbulo e subiu a escadaria principal, virou à direita e entrou em um corredor. Elizabeth seguia atrás dele. Passaram por várias portas até chegarem à última. Do outro lado da porta, havia um quarto com uma grande cama de casal. O quarto era todo branco... tudo — mobília, paredes, roupa de cama.

Era asséptico e frio, mas tinha uma vista deslumbrante de Seattle pela parede de vidro. O que era surpreendente, considerando que estavam em Derbyshire.

— Este será o seu quarto, srta. Bennet — informou o sr. Darcy, estendendo a mão. — A senhorita poderá decorá-lo como quiser, ter o que quiser aqui dentro.

— O senhor... — Elizabeth hesitou. — O senhor irá dividi-lo comigo, sr. Darcy?

— Não, Elizabeth, eu não irei. Como já expliquei, não durmo com ninguém, a não ser com os meus brinquedos fofinhos. Agora, venha, a senhorita deve estar com fome.

— Estou perfeitamente ciente de estar levando você para o mau caminho, Elizabeth — disse o sr. Darcy, levando-a por um caminho escuro por entre sebes em direção à ala da cozinha. — Sem dúvida, você deve ter algumas perguntas sobre o cenário submissa/dominador.

Elizabeth corou.

— Confesso que tenho muito pouco conhecimento sobre as questões das quais o senhor fala. Não sei o que perguntar.

Cinquenta tons do sr. Darcy

— Oh, Elizabeth... — suspirou ele. — Você é uma flor inocente e doce, pronta para ter seu néctar provado. E eu não posso esperar mais. Vou prová-la esta noite.

Ele abriu a porta da cozinha principal de um modo sexy e deu um passo para o lado a fim de deixá-la entrar. Lá dentro, uma mulher loura — provavelmente a cozinheira — estava suando legumes no fogo.

— Oh, bom-dia, sr. Darcy — cumprimentou ela, animada, passando a mão na testa para retirar uma cenoura gigante e um brócolis.

— Bom-dia, sra. Jones — respondeu o sr. Darcy em tom caloroso. — A senhora pode seguir para suas outras obrigações. Eu mesmo prepararei a refeição da srta. Bennet.

— Como queira, senhor. — A sra. Jones fez uma pequena reverência, inclinou-se para pegar algumas cebolas que caíram do seu sovaco e apressou-se em sair da cozinha.

— Trata-se de um caso médico estranho — explicou o sr. Darcy, enquanto enchia uma panela de água e a colocava no fogão para ferver. — Ainda assim, uma excelente criada.

O sr. Darcy desapareceu na despensa e voltou com um pacote de Doritos de queijo e um *curry* de frango instantâneo.

"Ha! Ele não é gay!", exclamou a sádica interior, triunfante.

— Eu tenho uma pergunta — arriscou Elizabeth. — Como ficou desse jeito? Foi em Picon que o seu interesse por dor e humilhação começou?

O sr. Darcy jogou o conteúdo do pacote do *curry* instantâneo na panela de água de um modo bastante sexy.

— Por que uma pessoa é do jeito que é? — meditou ele, despejando o Doritos em uma tigela e colocando-a na frente de Elizabeth. — Sirva-se, por favor.

— Parece que eu perdi o apetite, sr. Darcy.

— Coma!

Relutante, Elizabeth encheu a mão.

— É fácil encontrar jovens damas que queiram... entregar-se às suas fantasias?

— Vejamos. Tive a Dolly e a Molly. Então, a Polly. Depois, a Kitty e a Mariah, Harriet, Juliana, Mary e Charlotte. Depois, Sven (resolvi experimentar); então, Emma, Augusta e Amelia.

— Nossa! Foram tantas! — exclamou Elizabeth.

— Você não precisa ficar com ciúmes, srta. Bennet — declarou ele de forma ardente, lançando um olhar intenso para o rosto dela. — Há alguma coisa especial em você. Você me enfeitiçou. — Os olhos cinzentos de aço pareciam famintos, como os de um lobo.

De repente, ele cerrou os punhos e bateu na mesa.

— Coma a merda dos Doritos, Elizabeth!

Elizabeth levou um susto. O humor dele mudava de forma tão repentina!

— Tenho outra pergunta — disse ela, deixando migalhas de Doritos caírem no chão ladrilhado. — O senhor pretende me machucar?

O sr. Darcy assumiu uma expressão séria.

— Vou castigá-la, Elizabeth. E sim, vou machucar. Mas vou começar devagar. Esta noite, vou apenas comê-la — com força.

Ele deu um passo à frente e a tomou em seus braços. Elizabeth sentia o corpo dele contra o dela, enquanto com uma das mãos ele soltava seu cabelo, para prendê-lo em um rabo de cavalo baixo e, para finalizar, uma baforada de *hairspray*.

— *Et voilà!* — gorjeou ele.

Uau, ele era ótimo com aquele lance de cabelo!

Ele se inclinou para a frente, forçando sua ereção contra a feminilidade dela.

— Deixe eu meter em você, Elizabeth — suspirou ele. — Quero me enfiar dentro de você e quero rebolar com você.

Meu Deus! Ele falava de forma tão eloquente, tão urgente, que Elizabeth sentiu sua resistência derreter.

— Oh! Sim! Sim! Possua-me agora! — consentiu ela com voz rouca.

O sr. Darcy a pegou pela mão e a levou de volta pela porta da cozinha. Passaram pelas sebes e entraram por uma porta lateral que levava à ala leste, até a escadaria principal. Depois, atravessaram a galeria até a ala oeste e seguiram por um corredor à esquerda. Então, desceram outro lanço de escada, passaram por um quarto infantil e viraram à esquerda de novo até uma sala de espera.

— Você ainda quer fazer isso, Elizabeth? — perguntou ele, olhando em seus olhos em busca de algo.

— Devo confessar que estou começando a ferver — respondeu ela.

— Então, não temos tempo a perder.

Juntos eles correram por outro corredor à direita, subiram por uma escada estreita e desceram por outra até, por fim, chegarem ao quarto dele. *Puta merda,* era enorme! O quarto era dominado por uma imensa cama de dossel com quatro colunas coberta por seda vermelha. Ao lado dela, havia uma *chaise longue* de couro vermelho, um pufe de couro vermelho e uma mesa de cabeceira também de couro vermelho. No teto, havia a pintura de Possêidon, o deus do mar, cutucando uma mulher nua com seu tridente.

Devagar e de forma bem sexy, o sr. Darcy retirou seu relógio de bolso e o colocou, com desvelo, sobre a mesa de cabeceira. Retirou o paletó, dobrou-o com capricho e o colocou sobre o pufe.

— Esperei muito por este momento, srta. Bennet — suspirou ele.

Com cuidado, removeu a gravata e a camisa de linho. Passou-as a ferro, espirrou spray de lavanda e as colocou sobre a pilha. Depois, foi a vez das calças. *Puta merda!* Elizabeth olhou para o chão enquanto ele a retirava. Então, encontrou coragem para erguer o olhar. Ele estava quase nu. *Meu Deus!* Ele era lindo de doer. A não ser por um detalhe.

Elizabeth engoliu em seco, nervosa.

— O senhor não vai tirar as meias e as ligas, sr. Darcy?

— Eu tenho frieira, Elizabeth — reclamou ele em tom sexy. Seus olhos se estreitaram, e seu pomo de adão estremeceu. — Agora é a sua vez — murmurou ele.

O sr. Darcy se aproximou dela com graça felina, como um gato selvagem — de quatro, balançando o rabo e miando. Chegando aos seus pés, ele parou e olhou para cima.

— Meu Deus, vou fodê-la agora, Elizabeth Bennet — murmurou ele. — E terei lhe espancado até o meio da semana que vem.

Elizabeth fechou os olhos, desejosa. Partes do seu corpo que não deveriam ser mencionadas latejavam de antecipação; o desejo tomava conta de cada fibra do seu ser.

Agarrando-se ao vestido dela, o sr. Darcy começou a se erguer usando o corpo dela como alavanca.

— Oof! — exclamou ele, enquanto se erguia.

Agora ele estava mais alto do que ela, seus olhos cinzentos nadando de desejo.

— Vire-se — ordenou ele.

Elizabeth se virou e sentiu as mãos do sr. Darcy desabotoarem seu vestido. De forma lenta e provocante, ele o retirou por cima. Sacudiu-o, pegou um cabide do armário e o pendurou ali.

— Hummm, o que é isto? — perguntou ele, esfregando uma pequena mancha na bainha.

— Creio que seja tinta.

— A senhorita deveria colocá-lo de molho no leite — sugeriu ele. — Se não funcionar, esfregue um pouco de detergente.

Cinquenta tons do sr. Darcy

Meu Deus! Ele era tão perfeccionista!

Ele se voltou para Elizabeth e olhou para sua adorável quase nudez.

— Vou comê-la agora, srta. Bennet — declarou ele. — Com força. É melhor que a senhorita se prepare.

Elizabeth, de repente, foi tomada de apreensão. Não sabia o que fazer ou como se mover. Será que ele ficaria decepcionado? Como se percebesse sua linha de pensamento, o sr. Darcy assumiu o controle.

— Deite-se na cama, Elizabeth — ordenou ele. — E tire a ceroula.

Com cautela, ela se deitou sobre a colcha vermelha bordada.

— Ora, srta. Bennet, essas são as minhas ceroulas, não? — perguntou ele, surpreso e franziu o cenho. — É melhor as retirarmos logo, pois eu as usei por cinco dias seguidos.

Rapidamente, ele arrancou as ceroulas das pernas macias, bebendo da beleza alva e leitosa da pele de Elizabeth.

— Prepare-se, madame, para o primeiro coito de sua vida — disse ele com voz rouca, subindo na cama ao lado dela.

Nossa, ele era tão bonito! Ela ergueu a mão para acariciá-lo.

— Não me toque! — arfou o sr. Darcy.

Por quê? Porque ela não podia tocá-lo? Ele era tão magnífico, era impossível resistir. Determinada, Elizabeth agarrou o membro dele com os dedos delicados. O sr. Darcy vacilou. Então, o corpo dele estremeceu de forma incontrolável e, de repente — *Meu Deus!* —, soltou uma substância que, se fosse nomeada, macularia as páginas deste casto livro.

— Nãããããão! — gemeu o sr. Darcy.

— Oh! — exclamou Elizabeth.

Os olhos do sr. Darcy escureceram, e ele apertou os lábios em uma linha fina.

— Eu disse "não me toque", Elizabeth.

— Sinto muito! — Elizabeth estava envergonhada. — Eu não sabia o que poderia acontecer!

— Que inferno, Elizabeth. Sou um homem de paixões incontroláveis! — exclamou o sr. Darcy. — Estou em constante estado de excitação sexual. Principalmente quando estou ao seu lado. Lembra-se daquela primeira noite em Netherfield, quando me recusei a dançar? A verdade era que eu estava em tal furor sexual ao ver seus seios perfeitos malcontidos pelo vestido fino de algodão que fui obrigado a executar um *pas de chat*, ou minhas calças explodiriam. As pessoas acreditam que sou orgulhoso e arrogante — continuou ele —, quando, na verdade, estou sempre prestes a gozar. Um pouco de dureza e formalidade nos modos é de se esperar quando alguém, na companhia de pessoas educadas, está sempre se esforçando para não chegar ao ponto em que não há mais como voltar atrás.

— Talvez — sugeriu Elizabeth —, se o senhor se dedicasse a tarefas com menos conotação sexual e distraísse sua atenção, ocasionalmente, em interesses menos excitantes...

— Como fazer renda, talvez? — Ele deu uma risada de escárnio.

— Será esta uma ideia tão estranha? O senhor perceberá que tais atividades têm um efeito calmante sobre a sua libido. E o seu... problema... não o atrapalhará tanto.

O sr. Darcy apoiou-se em um cotovelo e traçou o contorno do rosto de Elizabeth com os dedos.

— Oh, srta. Bennet, você é tão inocente — suspirou ele, enquanto sua expressão endurecia. — Eu não sou bom para você. A senhorita deveria se manter longe de mim.

— Espere um pouco: o senhor me convidou para vir até aqui.

— Tanto faz. Sou insaciável demais, pervertido demais para alguém como você.

— Experimente-me.

— Você não sabe o que está pedindo, Elizabeth — gemeu ele.

— Sr. Darcy... Eu gostaria de conhecê-lo de verdade. Por favor, deixe-me entrar em seu mundo.

O sr. Darcy pareceu perdido em pensamentos por um momento. Então, tomou uma decisão.

— Venha, Elizabeth. Vou lhe mostrar algo que a fará desejar nunca ter vindo a Pembaley.

Foi com evidente orgulho que o sr. Darcy levou Elizabeth para um passeio pelos melhores aposentos de Pembaley. Havia galerias grandiosas, salas elegantes e quartos enormes, todos com vistas deslumbrantes do parque que cercava a propriedade e todos decorados profusamente com acessórios sexuais. Para onde quer que Elizabeth olhasse, havia vasos fálicos, almofadas em formato de seios ou tapetes macios que se pareciam com vulvas. O sr. Darcy

Cinquenta tons do sr. Darcy

observou atentamente o rosto de Elizabeth parecendo ficar muito satisfeito com a vergonha dela. Ficou particularmente feliz ao vê-la corar ao notar os afrescos de jovens rapazes vestidos com roupas de fetiche no Quarto da Velha Rainha. Ainda assim, durante o tour, o sr. Darcy discutia a decoração interior com tanto entusiasmo e conhecimento — apontando para os rodapés que acabara de importar da França e descrevendo com riqueza de detalhes os entalhes picantes do armário do escritório — que, uma vez mais, Elizabeth se perguntou se ele não seria homossexual. *Puta merda, ele era tão complicado!*

Por fim, saindo do salão de baile — decorado com testículos dourados —, Elizabeth permitiu que o sr. Darcy a conduzisse por uma porta lateral, depois da qual havia um corredor estreito com paredes de madeira. Diferente do aposento magnificamente bem proporcional que acabaram de deixar, aquele corredor era sombrio e quase ameaçador, sem janela ou qualquer tipo de iluminação ou quadros, e não havia qualquer adorno nas paredes nuas. Na penumbra, Elizabeth conseguia ver apenas uma porta no fim do corredor, pintada de preto ou azul-escuro com uma única maçaneta de latão ornada.

— Trata-se de uma maçaneta deslumbrante, não? — comentou o sr. Darcy, erguendo uma sobrancelha.

— Creio que, quando se trata de abrir coisas, uma maçaneta grande é bem melhor de segurar do que uma pequena. E fico bem mais satisfeito ao segurá-la.

Elizabeth suspirou. Se o "problema" do sr. Darcy pudesse ser superado, então ela deveria desencorajar aquele tipo de conversa. Mais cedo, ela tivera de jogar um copo-d'água sobre ele na copa, quando ele se excitara ao lhe mostrar um par de jarros particularmente finos e enormes.

— Sr. Darcy, eu não tenho qualquer interesse em conversar sobre maçanetas, seja qual for o tamanho! — exclamou ela com o rosto ardente. — Imploro que volte para o assunto que estávamos discutindo. O senhor prometeu me mostrar seu cômodo favorito da casa.

Com um movimento rápido, o sr. Darcy se virou para ela e agarrou-lhe os braços com força. Seus olhos queimavam como carvão em brasa na penumbra.

— Sim, Elizabeth, você viu todos os aposentos de Pembaley. Todos, exceto um — disse ele com voz rouca. Ele estava tão próximo que Elizabeth sentia o hálito quente sobre sua pele e o cheiro distinto de almíscar misturado ao de desodorante barato. Sentiu os joelhos cederem sob seu corpo.

Tão de repente quanto a agarrou, o sr. Darcy a soltou. Um sorriso travesso iluminou o rosto esculpido.

Cinquenta tons do sr. Darcy

Esticando um dos seus indicadores extraordinariamente grandes em direção ao fim do corredor, ele acariciou a pintura da porta com adoração.

— Sim, existe outro aposento — murmurou o sr. Darcy. — Aquele que fica mais próximo do meu coração. Se é que eu tenho um. Eu o mostro apenas às pessoas que me intrigam. Apenas para aqueles que creio serem capazes de... — Seus olhos ardiam emitindo anéis de fumaça enquanto miravam os olhos de Elizabeth. — ... de me dar *prazer*.

Elizabeth murchou sob aquele olhar, tal qual uma folha de alface de seis dias.

— "Dar prazer"?

— Oh, Elizabeth... — O indicador do sr. Darcy acariciou o lábio superior dela. *Merda, ela devia ter tirado o buço aquela manhã.* — Pequena e inocente Lizzy. O que você viu na Despensa Roxa do Prazer não foi nada. Minha Biblioteca Lilás de Licenciosidade foi feita com a intenção de estimular o apetite. É lá que os meus verdadeiros desejos se encontram.

Com aquilo, o sr. Darcy agarrou a maçaneta com as mãos másculas e abriu a porta. Sorriu, e seus olhos cinzentos brilharam com chamas de desejo em direção a ela chamuscando suas sobrancelhas e cílios.

— Bem-vinda ao meu Armário Azul de Vassouras com Todas as Parafernálias Realmente Pervertidas!

A princípio, Elizabeth não conseguia discernir bem o conteúdo do quarto. Na penumbra, ela conseguia ver apenas formas escuras — algumas compridas e estreitas, outras mais largas e robustas — delineadas contra a parede do armário. Mas, à medida que seus olhos se acostumaram à escuridão, os detalhes começaram a ficar claros para ela: uma escova de limpeza, as curvas de uma raquete de tênis.

Elizabeth arfou.

— Gosta do que vê, srta. Bennet?

O sr. Darcy estava atrás dela agora, seu hálito quente acariciando o pescoço nu de Elizabeth.

A respiração de Elizabeth estava entrecortada. Todos os seus sentidos, intensificados. Sentia-se tonta, como se estivesse à beira de um penhasco olhando para baixo. Pendurados em ganchos dourados presos à parede dos armários, havia instrumentos de todos os tipos de punição. Colheres de pau de vários tamanhos. Escovas de cabelo de aparência assustadora. Raquetes de pingue-pongue, laços de cortina. Ela chegou a ver um espanador de tapetes assustador. A aparência daqueles objetos era ameaçadora e, ao mesmo tempo, excitante.

Seus olhos foram atraídos por um instrumento de aparência especialmente aterrorizante: uma vara vermelha e longa em cuja extremidade estavam afixadas várias cordas acinzentadas. Elizabeth empalideceu.

— Por favor, me diga o que é aquilo. — perguntou ela em um murmúrio.

O sr. Darcy deu de ombros.

— Oh, aquilo é apenas um esfregão. Um dos empregados deve ter esquecido aqui.

Ele se inclinou para a frente e retirou de um gancho uma escova fina de cerdas.

— Começaremos de forma gentil — disse ele com voz rouca, acariciando as cerdas entre seus longos dedos. — Você merece ser punida por sua constante impertinência e teimosia, mas eu não lhe causarei mais dor do que poderá suportar. Afinal, você é uma inocente.

As pernas de Elizabeth estremeceram. *Santa pancada, o que ele pretendia?*

— Ajoelhe-se, Elizabeth — ordenou o sr. Darcy. O corpo inteiro dele parecia latejar de desejo, e Elizabeth, como em transe, fez o que lhe foi pedido. Não sabia bem por quê, mas sentia-se impotente para resistir.

— Agora fique de quatro. — Trêmula, Elizabeth obedeceu.

Imediatamente, as mãos fortes do sr. Darcy estavam no corpo dela, agarrando seu vestido e roupas de baixo e erguendo-as, com força — *oh, que desgraça!* — para expor a extremidade de suas meias e seu traseiro desnudo. Elizabeth ficou vermelha e sua respiração ficou ofegante.

Então, sentiu a mão do sr. Darcy acariciar a curva de suas nádegas.

— Oh, Elizabeth — murmurou ele. — Você realmente é calipígia.

— Cali-o quê? — arfou ela.

— É uma palavra de origem grega, Elizabeth. Significa que você tem uma bunda maravilhosa.

Uau! Ele sabia tantas coisas!

De repente, o sr. Darcy parou de acariciá-la.

— Basta! — exclamou ele. Seu tom de voz mudara, e Elizabeth percebeu que ele não tinha intenção de manter os toques gentis. — Vou espancá-la com esta escova de dentes, srta. Bennet — informou o sr. Darcy com voz rouca. — Isso a machucará, mas você deve demonstrar autocontrole.

Elizabeth preparou os quadris aguardando a pancada. Houve uma pausa tentadora e, então — paf! —, o sr. Darcy acertou a carne trêmula de Elizabeth com a escova de dentes.

Cinquenta tons do sr. Darcy

— De novo! — exclamou o sr. Darcy, e duas vezes mais a escova desceu sobre o traseiro de Elizabeth.

— Isso é bom, Elizabeth? — perguntou o sr. Darcy, ofegante.

— Hã... — Elizabeth não estava bem certa sobre como responder sem causar sofrimento ao sr. Darcy. — Não estou sentindo muita coisa.

— O quê? Nada?

— Talvez um pouco de cosquinha, creio eu.

— Oh! — O sr. Darcy pareceu derrotado. Espremeu-se para passar por ela e procurou algo no armário de vassouras por cerca de um minuto, voltando com um sorriso diabólico nos lábios, segurando um exemplar da *Gazeta de Londres* dobrado nas mãos.

— Vejo que teremos de ser rígidos com você, srta. Bennet — disse ele, lascivo. — A sua constituição certamente é mais forte do que acreditei. Prepare-se!

Paf! O jornal golpeou seu traseiro.

— Talvez se o senhor o enrolar? — sugeriu Elizabeth.

— Uma sugestão perversa, srta. Bennet! — murmurou o sr. Darcy. — Definitivamente, aprovo.

Houve uma pausa enquanto o sr. Darcy desdobrava o jornal para, então, enrolá-lo em uma vara curta e grossa.

Então, ele desdobrou o jornal de novo e, com mais cuidado, enrolou-o novamente, daquela vez, em uma vara longa e fina.

Paf! O sr. Darcy acertou o jornal na carne de Elizabeth.

— Meu Deus, Elizabeth! — gemeu ele, com a respiração ofegante e entrecortada. Paf! Paf! Paf! A respiração do sr. Darcy estava mais rápida agora. — Sinta isto, Elizabeth! — gemeu ele. — E goze para mim!

Gozar para ele? Elizabeth se perguntou sem entender o que ele queria, sentindo-se perplexa e envergonhada. Honestamente, aquilo não a fazia sentir nada.

— Goze para mim, baby! — pediu o sr. Darcy em um sussurro estrangulado.

Sem conhecer os pecados da carne, Elizabeth buscou na memória o único ato de amor que já testemunhara: um touro cobrindo uma vaca na fazenda vizinha. Tentou emitir um longo "muuuuuuu!".

— Isso! Meu Deus, Lizzy! — exclamou o sr. Darcy em êxtase, caindo de joelhos. O jornal, já frouxo, caiu de suas mãos.

Cinquenta tons do sr. Darcy

Quando Elizabeth acordou na manhã seguinte em um ambiente estranho, por um momento, não conseguiu se lembrar de onde estava. Então, a lembrança de tudo o que acontecera na noite anterior voltou espontaneamente à sua mente.

Ela estava em Pembaley, no seu novo quarto. E — *Oh, meu Deus!* — Fitzwilliam Darcy a açoitara com uma escova de dentes e um jornal!

Elizabeth se virou na cama, afundando o rosto no travesseiro. Talvez, se voltasse a dormir, acordaria em Longbourn, e os eventos da noite anterior provariam ser apenas um sonho. Enquanto estava deitada, sonolenta, sentiu a porta se abrir e se deu conta de que havia mais alguém no quarto.

— Tomei a liberdade de lhe trazer seu desjejum.

Fitzwilliam Darcy, com sua forma musculosa e flexível vestida em pantalonas brancas e uma camisa ajustada ao corpo, estava em pé, ao lado de sua cama, segurando uma bandeja com bolinhos cobertos com manteiga, ovos, *muffins*, dois manjares, um pudim de ameixa, uma jarra de cerveja e uma costela de boi.

— Como se sente esta manhã?

— Bem, obrigada, senhor. — O olhar de Elizabeth encontrou o dele, mas, como sempre, ela não conseguia lhe adivinhar os pensamentos. Aqueles olhos cinzentos de aço eram impenetráveis.

O sr. Darcy colocou a bandeja na beirada da cama.

— São nove horas da manhã, srta. Bennet — disse ele com severidade.

— O senhor já acordou há muito tempo, sr. Darcy?

— Na verdade, sim. Levantei-me cedo para fazer alguns exercícios físicos com Taylor.

Elizabeth apenas acenou com a cabeça.

— Estou prestes a fazer minha higiene pessoal. Se a senhorita quiser, pode fazer o mesmo, esfregando-se com uma flanela. — Ele indicou um jarro de água sobre a cômoda. — Você é uma *menina muito suja*.

Ficou evidente que não houve qualquer redução no ardor do sr. Darcy. As atividades da noite anterior serviram apenas para abrir seu apetite.

Ele se sentou sobre as cobertas e desenrolou os longos indicadores. Gentilmente, pegou a mão de Elizabeth.

— Eu gostaria de roer suas unhas — murmurou ele, sorrindo.

Oh, meu Deus! Embaixo das cobertas, Elizabeth se contorceu de modo bastante impróprio a uma dama.

De repente, o sr. Darcy pareceu distraído, ergueu-se e se apressou em direção à porta.

— Você encontrará roupas novas ao pé da cama — informou ele, já na porta. — Aconselho que vista todas. Aonde vamos faz muito frio.

— E aonde vamos? O senhor pode dizer? — perguntou Elizabeth, apreensiva.

Uma vez mais, o rosto do sr. Darcy ficou impassível.

— Hoje, srta. Bennet, vou levá-la à Caverna das Picas.

Após um longo tempo, Elizabeth se vestiu e enrolou o cabelo sob um chapéu enfeitado com fitas que alguém — presumivelmente a sra. Jones ou alguma das criadas — providenciara para ela. O sr. Darcy a aguardava na base da escadaria vestido com uma camisa branca e calças justas.

— Bom-dia, srta. Bennet — cumprimentou ele em tom grave. — Você está vestida de forma apropriada.

Oferecendo-lhe o braço, ele a levou até o terraço na frente da casa, de onde ela podia ver os picos de Derbyshire. Os dois deram a volta pela esquerda e passaram por um portão preso a um muro baixo e entraram na horta, e, de lá, seguiram para a roseira e o jardim de plantas decorativas, até entrarem na sala de chás, cruzando a loja de presentes — *Puta merda, a propriedade era enorme!* —, finalmente chegando a um campo que levava a um riacho largo e com corredeiras rápidas. Um barco pintado de preto estava ancorado ali, preso a um tronco, e, lá dentro, na parte de trás, havia três homens de meia-idade carregando violinos e um tambor. Na lateral da embarcação, liam-se as letras douradas SUV, que deviam ser o nome do barco.

— Suba a bordo, srta. Bennet — disse o sr. Darcy, fazendo uma reverência cerimoniosa e oferecendo-lhe a mão. Elizabeth a pegou, e, quando o fez, uma onda de eletricidade sacudiu seu corpo. Malditos chinelos de dedo!

— Sente-se! — ordenou o sr. Darcy, indicando uma cadeira voltada para a popa do navio. Havia baldes com cordas por todos os lados. O sr. Darcy ajoelhou-se em frente a ela e passou uma das cordas pela cintura de Elizabeth, amarrando-a à cadeira. Então, ergueu o olhar e sorriu. Outra corda foi usada para prender os braços, e outras duas prenderam as mãos atrás da cadeira. Por fim, o sr. Darcy amarrou-lhe os tornozelos aos pés da cadeira com uma corda grossa e enfiou-lhe uma mordaça na boca.

— Agora está segura, srta. Bennet, e estamos prontos para velejar.

Elizabeth observou, maravilhada, enquanto o sr. Darcy manejava o leme com destreza, guiando o barco para o meio da correnteza. Era emocionante! Seu coração disparou enquanto as árvores e as margens do rio voavam a 0,003 quilômetros por hora. O rosto do sr. Darcy era uma máscara de concentração. Bastava uma manobra errada com o leme, e eles poderiam virar um pouco para a direita ou para a esquerda, ou até mesmo atingir um tronco flutuante. *Oh, meu Deus!* Seu destino estava nas mãos do sr. Darcy!

— Mmmmfmfmmmmffummffuf? — perguntou ela.

— Como?

— Mmmmff...

— Só um minuto. — O sr. Darcy se inclinou para a frente e retirou a mordaça da boca de Elizabeth.

— Desculpe-me, srta. Bennet. Pode repetir?

— Onde aprendeu a velejar, sr. Darcy?

— Oh, eu venho à Caverna das Picas desde que era criança, srta. Bennet — respondeu ele, alegre. — O rio corre por toda a propriedade de Pembaley e continua pela vila de Bundwell.

— E quanto àqueles cavalheiros lá trás? Eles são da vila e estão retornando para lá?

O sr. Darcy pareceu se divertir com a pergunta.

— Não, srta. Bennet. Eles constituem o sistema de música do navio. — Ele voltou o olhar cinzento para os músicos e ordenou: — Toquem!

Rapidamente, eles pegaram seus instrumentos, e as primeiras notas elevaram-se, alegres, no ar. Elizabeth ficou desconcertada.

— Não conheço esta música. Qual é o nome dela?

— É de Mozart, parte do seu concerto de cornetas.

Elizabeth ouviu-a em silêncio por algum tempo, observando as águas banhadas pela luz do sol.

— Preciso lhe perguntar também, sr. Darcy — disse ela, por fim. — Esta cena é do livro da srta. Austen?

— Não, é do outro — respondeu o sr. Darcy com um sorriso torto. — Creio que seu propósito seja deixar ainda mais claro para os leitores a minha natureza de macho-alfa capaz, agradável e sabe-tudo, e lançar luz sobre a sua impotência e sua ignorância sobre assuntos de sexo e música clássica.

— Entendo — respondeu Elizabeth em tom sério. — E quanto ao meu jeito desastrado? Ele não é mencionado há alguns capítulos. Alguém poderia dizer que isso se tornou quase um esquecimento.

Ambos refletiram em silêncio sobre o assunto por algum tempo.

— O senhor acha que devo cair na água? — sugeriu Elizabeth.

O sr. Darcy franziu o cenho.

— Não sou a favor dessa ideia, Elizabeth. Seria muito perigoso, e você poderia se machucar.

— Mas eu ficaria bem molhadinha — disse Elizabeth em tom provocante.

— Ficaria.

— E o meu vestido ficaria completamente transparente.

Os olhos do sr. Darcy brilharam de desejo.

— Sem dúvida.

Ele se inclinou e começou a desfazer os nós que a prendiam à cadeira.

— O que farei com você, srta. Bennet? — murmurou ele. — Minha doce Lizzy, tão propensa a acidentes. E, erguendo-a nos braços fortes, ele a jogou pela amurada.

— Meu Deus, Elizabeth! — exclamou ele, angustiado quando a água se fechou sobre a cabeça dela. Antes que ela se desse conta do que estava acontecendo, os braços musculosos dele a agarraram pela cintura. Ele mergulhara logo atrás dela! Elizabeth sentiu um puxão enquanto ele a levava à tona, e, quando ambos emergiram, ela cuspiu água. O sr. Darcy lançou-lhe um olhar furioso.

— Que inferno, Lizzy! Você acha que tudo é uma grande brincadeira? — gritou ele, enquanto a água escorria de um modo sexy dos cachos acobreados. — Esse rio é perigoso, Lizzy!

Com um impulso, ele a jogou de volta para o barco e, sem muito esforço, subiu a bordo atrás dela. A expressão em seu rosto era de fúria, e seus olhos brilhavam de preocupação e sofrimento.

— Eu pensei que tinha perdido você! — exclamou ele. — Você tem de me prometer que nunca mais, *nunca mais mesmo*, chegará perto da água de novo.

Elizabeth torceu o vestido.

— E se eu precisar de um banho? — perguntou ela, dócil.

— Apenas cinco centímetros de água — determinou o sr. Darcy. *Meu pai, ele realmente estava bravo agora!*

Ficaram em silêncio no caminho de volta, e o sr. Darcy lhe lançava olhares irritados e sexy durante todo o tempo. Conforme planejado, a água fizera com que o vestido de Elizabeth perdesse a opacidade, e os olhos do sr. Darcy não se afastaram da figura dela. Assim que chegaram à margem, ele a arrastou pelo jardim até a casa.

— Chegou a hora, Elizabeth — disse ele com firmeza.

— Chegou a hora de quê, sr. Darcy?

Cinquenta tons do sr. Darcy

— Chegou a hora de eu resolver o seu problema. Venha...

Elizabeth hesitou por um tempo. O olhar do sr. Darcy endureceu.

— A senhorita está sendo teimosa! Você não quer me desobedecer de novo, não é, Elizabeth?

Nossa, ele era tão intenso.

— Não — respondeu Elizabeth baixinho.

— Não, o quê?

— O quê?

— Não, o quê?

— O quê?! O que eu não sei?

— Não, o que quero dizer é que você deve dizer *senhor*.

— Oh, sinto muito — desculpou-se Elizabeth, corando.

— Há... Não, senhor.

O sr. Darcy pareceu aliviado.

— Ah, assim está melhor. Agora, siga-me. É hora do coito.

Elizabeth estava deitada na cama do sr. Darcy, olhando para a pintura pervertida que adornava o teto. Seus pulsos estavam amarrados com laços de cetim nas colunas da cama. Os tornozelos também. Nua e indefesa, ela não passava de um brinquedinho do sr. Darcy, que estava pronto para brincar. *Nossa, isso era quente!*

O sr. Darcy apareceu ao pé da cama. O tórax estava nu, seus músculos se ondulando à luz de velas. Ele usava calças rasgadas de montaria e, em suas mãos, carregava um cesto de comida que pegara na cozinha.

Sua expressão era carnal, e seus olhos brilhavam de desejo. Devagar, hipnoticamente devagar, ele caminhou até o lado da cama, afogando-se na visão do corpo adorável e nu de Elizabeth. De repente, a mão dele balançou e — *splat!* — ele lançou um tomate maduro demais em um dos seios de Elizabeth, que gritou, surpresa enquanto o suco escorria por seu mamilo e pingava no lençol, e imediatamente perdeu-se em um mar de sensações.

Que alimento viria a seguir? Suas terminações nervosas formigavam em expectativa, e ela gemeu baixinho.

— Silêncio! — ordenou o sr. Darcy.

Flump! Flump! Dois bolos recheados de geleia acertaram o seu outro seio. *Whump!* Ela estremeceu quando um repolho acertou seu pelos púbicos.

— Você é minha — afirmou o sr. Darcy em um tom sem expressão. — Minha para puni-la e humilhá-la.

Splot! Um ovo explodiu um pouco abaixo do seu umbigo. O sr. Darcy seguiu até a cômoda e pegou a jarra de água. Aproximou-se novamente da cama e despejou o conteúdo no rosto de Elizabeth. O choque da água a fez arfar. *Santa xoxota,* estava gelada! A água escorria pelo seu cabelo e pingava no travesseiro.

— Oh, baby, deixe-me vê-la toda molhadinha! — murmurou o sr. Darcy passando a mão pela juba encharcada de Elizabeth. — Hummm, tão molhada, só para mim...

Elizabeth gemeu de novo. Havia água no seu nariz e nos seus ouvidos, mas tudo o que conseguia sentir eram os dedos insistentes do sr. Darcy e o calor daqueles olhos apaixonados.

As mãos do sr. Darcy desceram um pouco mais, até os seios doloridos de Elizabeth. De forma gentil e sensual, ele esfregou geleia e migalhas por toda a pele dela.

— Prove! — ordenou ele, oferecendo um dos seus longos indicadores. Obediente, ela abriu a boca e chupou. — Está gostoso, Elizabeth?

— Hummm — murmurou ela, saboreando. Adorava dedos com cobertura de geleia.

Abruptamente, o sr. Darcy se levantou e se afastou para pegar uma enorme pastinaca. Elizabeth conseguia ouvir a respiração dele ficar mais ofegante.

— Isto é o que meninas desobedientes ganham — afirmou ele, segurando de forma reverente a pastinaca com as duas mãos.

Com um movimento rápido, ele arrebentou os laços que prendiam os pés de Elizabeth. Instintivamente, ela ergueu as pernas, tirando-as da linha de fogo.

— Boa tentativa, srta. Bennet — murmurou o sr. Darcy. — Mas não há escapatória da sua punição.

Os lábios do sr. Darcy estavam apertados em uma linha dura, e seus olhos escureceram.

Erguendo o braço, ele desceu o legume de forma firme e dolorosa sobre o traseiro de Elizabeth.

— Ai! — arfou ela. Nunca antes fora açoitada com um legume, e aquilo era surpreendentemente doloroso. Repetidas vezes, o sr. Darcy golpeou a pastinaca contra o traseiro de Elizabeth, para cima e para baixo, sem nunca parar. Cada vez mais rápido, ele subia e descia. A carne de Elizabeth estava quente e crua.

— Vamos logo, Elizabeth, goze pare mim! — gemeu o sr. Darcy, fazendo a pastinaca vibrar a cada golpe urgente. Seus olhos se fecharam em êxtase. Com muito esforço, Elizabeth conseguiu se soltar dos laços que a prendiam. Daquela vez, mostraria a ele exatamente a sensação de um abraço amoroso. Suas mãos desceram mais até chegarem às calças do sr. Darcy. Aproximando-se das nádegas tensas dele, ela o puxou com firmeza para si.

— Oh, Elizabeth... Cuidado com as minhas ameixas! — exclamou sr. Darcy.

Ouviram um som horrível de algo sendo esmagado, e Elizabeth sentiu o suco escorrendo pelos seus dedos.

— Você esmagou minhas ameixas! — reclamou o sr. Darcy, enquanto uma expressão de descrença se espalhava pelo seu rosto. — Minhas calças especiais para sexo pervertido ficaram arruinadas.

Envergonhada, Elizabeth viu duas ameixas maduras, que o sr. Darcy deixara de reserva nos bolsos de trás das calças, esmagadas em suas mãos. Ele agora estava zangado de verdade.

— Eu lhe disse para nunca me tocar, Elizabeth! Será que não consegue seguir uma regra tão simples?

— Sinto muito — desculpou-se ela em tom submisso. — Estou certa de que consigo tirar as manchas das suas calças, se o senhor permitir que eu tente.

O sr. Darcy lançou um olhar de raiva.

— Esqueça essas calças de merda! A sra. Jones cuidará de tudo. A questão é: por que você é tão teimosa? Por que simplesmente não consegue me obedecer como uma verdadeira submissa?

Elizabeth baixou o olhar.

— Estou começando a duvidar de que eu tenha o que é necessário para ser uma submissa — disse ela, sem se atrever a olhar nos olhos cinzentos inflamados. — Não sei se gosto de ser alvejada com legumes ou amarrada ou surrada com jornal. Eu quero outras coisas.

— Outras coisas? — Os olhos do sr. Darcy se arregalaram de horror e susto. — Você se refere a coisas nojentas, grudentas e repulsivas, como andar de mãos dadas?

— E talvez alguns beijos e abraços, sem que o senhor tente me preencher ao mesmo tempo.

— Mas é assim que eu sou, Elizabeth. Não sei se posso fazer todas essas coisas. A época em que estive em Picon... — A voz dele sumiu, e ele parecia tão jovem, tão ferido que Elizabeth sentiu seu coração se encher de ternura. — Eu nunca fui beijado ou abraçado. Era açoitado todos os dias e aprendi a amar aquilo, como tenho certeza de que você também aprenderá, se me der a chance.

Elizabeth meneou a cabeça. Não sabia bem o que pensar. Seria capaz de salvar aquele nobre sexy com olhos cinzentos ardentes e personalidade tão fodida? Ou ele era um pervertido irredimível e fora do alcance de qualquer um?

— Por favor, me diga uma coisa — pediu ela, enxugando o suco de tomate do seio. — Qual é a sua questão com comida?

Cinquenta tons do sr. Darcy

O sr. Darcy se sentou na beirada da cama, parecendo não notar o suco de ameixa que escorria pelas suas calças.

— Você deve se perguntar por que não há retratos da minha juventude aqui em Pembaley — disse ele em voz baixa. — Isso se explica porque, quando eu era criança, era gordo.

Elizabeth ficou chocada. O sr. Darcy, obeso? Mas ele era *tão gostoso*! Como era possível?

— Bem simples, eu era guloso, Elizabeth. Assim como sou agora. Guloso pela carne feminina. Na escola, a minha gula eram os bolinhos de creme e os pudins. Eu balançava de um lado para o outro quando caminhava. Os outros garotos em Picon me chamavam de rolha de poço, ou baleia. Às vezes de hipopótamo.

— Então, como... ? — Elizabeth estava pensando sobre o abdome de tanquinho e as nádegas firmes do sr. Darcy.

— Lady Catherine me colocou na linha. Ela exigiu que a escola me pusesse numa dieta rígida e que eu me exercitasse — explicou ele. — Então, agora, eu aproveito a comida de forma indireta. Você entende?

— Creio que sim.

— Quando a vejo com um sanduíche de bacon ou com um cachorro-quente, isso me dá prazer. Ver você comer é quase tão bom quanto se eu mesmo estivesse comendo.

Elizabeth poderia ter chorado. Pobre sr. Darcy. Um menino gordo e perdido, forçado a olhar para a sala de jantar enquanto os outros meninos se fartavam com frangos, carne de carneiro assada e arroz-doce, enquanto ele tinha de consumir mingau ralo. E ir para a cama faminto e estar sempre morrendo de fome...

— Quando foi ao médico pela última vez, Elizabeth? — perguntou o sr. Darcy naquela mesma manhã, enquanto ela cuidava da higiene pessoal. Demorara um bom tempo, já que o sr. Darcy ordenara que ela só poderia usar em seu banho diário duas colheres de água.

— Oh, faz muitos meses — respondeu ela. — Sou abençoada com uma excelente saúde.

— Então, eu insisto que visite meu médico, o dr. Inácio Filho.

— Mas por quê? Não me sinto mal. Muito pelo contrário, na verdade. — Os lábios de Elizabeth abriram-se em um leve sorriso torto. *Puta merda, agora ela também fazia aquilo.*

Cinquenta tons do sr. Darcy

O sr. Darcy também deu um sorriso torto em resposta, divertindo-se.

— Oh, Lizzy, minha linda e doce menina, como pode saber tão pouco sobre o próprio corpo? O dr. Inácio Filho é um especialista no funcionamento interno das mulheres. Devemos tomar as devidas precauções para nos assegurarmos de que nossos encontros não tenham resultados indesejáveis.

— Está falando de... um bebê? — Elizabeth estava profundamente chocada. Levada pela luxúria do sr. Darcy e pelos próprios desejos, não havia pensado numa terrível consequência como aquela.

"Isso é bastante improvável", cortou o radar gay. "Ele ainda nem chegou a penetrá-la."

— Bem, sim, gravidez é uma preocupação — respondeu ele. — O mais importante, porém, é me certificar de que não passei gonorreia para você. Como bem sabe, frequentei muitos bordéis no meu tempo, e, certa vez, depois de uma visita à Amanda Imunda, eu peguei essa assadura nojenta...

— Por favor, não falemos sobre isso — pediu Elizabeth bruscamente. Não podia imaginar o sr. Darcy nos braços de nenhuma outra mulher que não fosse ela própria, muito menos uma prostituta de 50 anos de idade e com um nome que remetia à própria falta de higiene.

— Trata-se de um assunto sobre o qual devemos conversar — contrapôs o sr. Darcy, tomando suas mãos e olhando profundamente em seus olhos, penetrando-os, aprofundando-se, como um espéculo abrindo caminho para a sua alma. — O dr. Inácio estará aqui ao meio-dia. Por favor, esteja pronta para ele.

Elizabeth baixou o olhar. *Merda, ela ficava mais desajeitada do que o normal quando se sentia envergonhada.*

— Farei isso por você, Fitzwilliam — murmurou ela. — Mas não desejo que minhas partes mais íntimas sejam vistas por mais ninguém a não ser você.

— Não se preocupe, o dr. Inácio é um homem idoso, e sua visão já não é mais a mesma — explicou o sr. Darcy. — Você verá que se trata de uma pessoa muito respeitosa e discreta.

Ao meio-dia, o dr. Inácio chegou e foi devidamente recebido pelo sr. Darcy. Era, de fato, um homem nos estágios finais da vida — cerca de 70 anos, adivinhou Elizabeth — e andava curvado. Contudo, possuía um comportamento alegre e animado. Ele e o sr. Darcy trocaram muitos gracejos enquanto Elizabeth aguardava para ser apresentada.

— Como está o velho Bráulio? — perguntou o dr. Inácio, balançando sua valise em direção às calças do sr. Darcy, mas acertando-o, por acidente, bem nas bolas. O sr. Darcy perdeu o fôlego e dobrou-se de dor.

— Fale mais alto, sr. Darcy — pediu o médico. — Estou velho, como bem sabe, e minha audição já não é tão boa quanto antes.

— Está em perfeita forma, doutor — respondeu o sr. Darcy, arfando. — Mas é esta jovem, a srta. Bennet, que desejo que examine hoje, e não a mim.

O dr. Inácio rodopiou de lá para cá e de cá para lá, até, finalmente, encontrar Elizabeth.

— Santo Deus, madame, pensei que a senhorita fosse o relógio de pêndulo! — exclamou ele. — Uma jovem senhorita, hein? — prosseguiu. — Então, nesse caso, devemos achar um cômodo mais privado para nosso breve exame. — Ele abriu a porta mais próxima. — Faça o favor de entrar, srta. Bennet.

"Hummm, não estou gostando nada disso", intrometeu-se seu subconsciente.

— Desculpe-me, doutor, mas esse é o armário — explicou o sr. Darcy.

— Santo Deus, Darcy, você está certo!

— Talvez — sugeriu o sr. Darcy — eu deva acompanhá-lo até o quarto de Elizabeth. Lá, ninguém os incomodará. A não ser Taylor, que, no momento, se encontra no cesto de roupas sujas da srta. Bennet.

Elizabeth suspirou.

— Taylor está me *espionando*? Por que o mandou fazer uma coisa dessas?

O sr. Darcy acariciou o rosto de Elizabeth com ternura.

— Para mantê-la a salvo — murmurou ele. — Você pode tropeçar em uma fita solta. Ou ser golpeada por uma pena de travesseiro. Eu não toleraria que isso acontecesse com você, Lizzy. Você. É. Tão. Preciosa. Para. Mim.

— Estamos. Prontos. Para. Prosseguir? — perguntou o dr. Inácio, que claramente tinha pouco tempo para tais manifestações de afeição.

O sr. Darcy deixou Elizabeth e se afastou.

— Por favor, cuide bem dela, doutor — pediu ele. Seus olhos queimavam como brasas de carvão. — Ela pertence a mim.

— Pode ficar seguro de que darei meu máximo. A propósito, sr. Darcy, quando eu terminar, não deseja que eu lhe dê algo para essa infecção nos olhos?

— Não, obrigado, doutor. Gosto de meus olhos ardendo assim. Eles me deixam sexy.

Cinquenta tons do sr. Darcy

A Elizabeth que surgiu após uma hora de cutucadas, palpações e espetadas parecia ainda mais pálida e arregalada do que de costume. Enquanto o dr. Inácio guardava os instrumentos e conversava com o sr. Darcy, ela se deitou em uma *chaise longue* na sala e tentou recuperar o bom humor de outrora. Ao que tudo indicava, assinar um contrato de sexo pervertido exigia uma total e constante variação de humilhações e desconfortos, principalmente o "grande esforço para localizar o útero" no buraco errado feito pelo bom doutor. Ela estremeceu com a lembrança.

De repente, foi tomada por um desejo de retornar a Longbourn. Tentava adivinhar o que Jane estaria fazendo naquele exato momento — colhendo ervas no jardim, talvez? Ou cerzindo o melhor vestido? Kitty estaria sonhando acordada; Mary, ao piano; e Lydia e mamãe, sem dúvida, estariam comparando *piercings* genitais. Ao pensar em sua casa, os olhos de Elizabeth encheram-se de lágrimas cálidas. O que estava fazendo ali, como escrava sexual do sr. Fitzwilliam Darcy? Descontente, deitou-se de bruços e afundou a cabeça em uma almofada redonda levemente rosada.

— Nossa, srta. Bennet, essa é uma visão deveras interessante! — soou a voz do sr. Darcy do nada, com seu tom rouco e pesado de desejo e antecipação.

Elizabeth ergueu a cabeça. Ele permanecia de pé à sua frente, com os olhos cinzentos dançando em deleite. Ela franziu o cenho.

— Do que o senhor está falando?

O sr. Darcy apenas deu um sorriso de lado. Elizabeth seguiu seu olhar e, bastante envergonhada, percebeu que o formato da almofada onde antes repousava a cabeça era o de um enorme par de nádegas.

Na mesma hora, ela se sentou. Por que tudo em Pembaley tinha de ter segundas intenções e ser lascivo? Por que o sr. Darcy não poderia ter almofadas com formato de almofadas, como todos os outros cavalheiros?

— Oh, Elizabeth — murmurou o sr. Darcy —, o que vamos fazer? Você despertou meus desejos mais uma vez. — Ele abaixou e acariciou seu rosto. — Tudo o que mais desejo neste momento é colocar um CD de canto gregoriano e deslizar uma luva de peles por seu corpo.

— Por favor, sr. Darcy — implorou Elizabeth. — Será que não poderíamos fazer algo de diferente esta tarde? Preciso muito de um bom descanso. — Uma luva de peles era a última coisa de que precisava; ainda cambaleava pelo açoitamento com a pastinaca.

Os olhos do sr. Darcy brilharam de raiva. Seus punhos se cerraram. Então, do nada, pareceu relaxar novamente. *Santo psicopata, ele era tão inconstante!*

— Pois bem — declarou ele com voz calma. — Vamos guardar a luva de peles para outro dia. Agora venha... — Ele lhe ofereceu a mão.

— Para onde vamos?

— Se me der a honra, gostaria de lhe apresentar à minha irmã, Georgiana.

— Eu adoraria! — respondeu Elizabeth. — Vamos sair para encontrá-la no internato de moças?

— Ora, ela não está no internato, ela está aqui, em Pembaley. — declarou o sr. Darcy.

— Ela já voltou?

— Não, Elizabeth. — O sr. Darcy deu um sorriso. — Ela mora aqui.

— Oh! — Elizabeth foi pega de surpresa. Não notara qualquer evidência da presença de outras pessoas em Pembaley, além dos empregados.

— Eu a mantenho num armário durante a maior parte do tempo — explicou o sr. Darcy. — Oh, Cristo, não, não *dessa maneira...* — apressou-se a dizer, percebendo o olhar de espanto de Elizabeth. — Não, Georgiana é uma moça muito delicada, delicada demais para a sociedade. Ela é verdadeiramente inocente, doce e gentil. E eu a mantenho trancada num armário para que permaneça a salvo. Ela é muito preciosa para mim, e eu não suportaria se algo acontecesse a ela.

Elizabeth sorriu.

— Confesso que mal posso esperar para conhecê-la.

— Então, espere por mim na sala de visitas — pediu o sr. Darcy. — Vou trazê-la agora mesmo.

Elizabeth não precisou esperar muito. Ouviu passos descendo o corredor e um grito de excitação, então Georgiana adentrou a sala, com seu cabelo longo e escuro voando atrás de si e o rosto impressionante iluminado por um deslumbrante sorriso.

— Lizzy! — exclamou ela, correndo até Elizabeth de forma quase indecorosa e a agarrando com seus braços surpreendentemente fortes. — Fitzwilliam me falou tanto sobre você!

Ela era uma figura alta e bela, com olhos negros e traços fortes, assim como o irmão.

— Meu Deus, estou desesperada por um cigarro — resmungou Georgiana, jogando-se na *chaise longue* ao lado de Elizabeth. — Você não teria um?

Cinquenta tons do sr. Darcy

Elizabeth indicava que não, quando o sr. Darcy entrou na sala.

— Georgiana, não se excite demais! — alertou ele. — Você não quer ter um de seus desmaios. Ela é muito tímida — explicou o sr. Darcy para Elizabeth. — Eu a chamo de minha ratinha. — Ele lançou um sorriso carinhoso em direção à irmã.

— Jesus Cristo! — resmungou Georgiana com um suspiro.

Ela se virou para Elizabeth e avaliou sua aparência.

— Ela é uma moça adorável, irmão — opinou ela. — Fitzwilliam nunca trouxe uma garota aqui antes — sussurrou no ouvido de Elizabeth. — Estávamos todos convencidos de que ele era gay.

"Não me diga", ironizou o radar gay.

— Você e Jane não têm nenhum irmão, Elizabeth? — perguntou Georgiana, com os olhos negros dançando de salto agulha. — Um irmão gostosão com quem eu possa ficar, assim nossas famílias e a de Bingulin ficariam envolvidas em um triângulo amoroso incestuoso, ou melhor, hexágono amoroso?

— Não, infelizmente, isso nunca funciona na vida real dessa forma — suspirou Elizabeth —, apenas em romances de qualidade duvidosa.

— Bem, valeu a tentativa — disse Georgiana, jogando o cabelo escuro para trás. Ela observou o sr. Darcy, enquanto este se dirigia a uma janela para inspecionar o jardim e dar às damas um pouco de privacidade para trocarem intimidades. Ao perceber que ele não escutaria, Georgiana se inclinou para Elizabeth.

— Fitzwilliam me disse que você conhece o sr. Thomas Turband — sussurrou ela.

Elizabeth confirmou com a cabeça.

— Ele está bem?

— Sem dúvida — respondeu Elizabeth. — Ele está muito bem. Alistou-se no Exército em Meryton.

— Como eu sinto falta de Thomas Turband. — Georgiana inclinou-se no sofá sorrindo. — Ele é o homem mais *encantador* que conheço.

Elizabeth lançou um olhar para o sr. Darcy, que brincava, distraído, com o prendedor da cortina, golpeando a palma da mão com o objeto.

— Seu irmão parece não compartilhar dessa afeição.

— Oh, isso é por minha causa — explicou Georgiana, despreocupada. — Veja só, Thomas me ofereceu um emprego na editora, e Fitzwilliam não suporta a ideia de que eu possa desejar ter uma vida fora daquele maldito armário no qual ele me mantém presa.

Então, Elizabeth não foi a primeira jovem que Thomas Turband abordou com uma oferta de emprego? Não conseguiu evitar o sentimento de afronta.

— Que tipo de trabalho ele lhe ofereceu?

— Assistente editorial — respondeu Georgiana. — Um cargo em que eu faria um pouco de tudo. Começaria preparando o chá, é claro. Mas acabaria me tornando uma revisora e, certamente, eu teria boas chances de ser promovida depois de um ano ou mais. Eu poderia até me tornar uma editora.

Elizabeth estava chocada.

— Você fala de trabalho com tanta naturalidade! Lembre-se de que isso não é apropriado para uma jovem de sua posição social.

— Ah, foda-se essa merda! — Os olhos negros de Georgiana brilharam. Inclinou-se ainda mais para Elizabeth. — Você nunca imaginou que há mais coisas na vida do que tocar piano e jogar argolas ocasionalmente?

Elizabeth tinha de confessar que inúmeras vezes pensara o mesmo. Mas não! Era uma desgraça considerar tal opção. O lugar de uma senhorita era na sala de visitas ou no quarto de dormir. Era evidente que Thomas colocara ideias perigosas na cabeça de Georgiana. Não era à toa que o sr. Darcy o tratava com tanto desprezo.

— E o que aconteceu, afinal? — perguntou Elizabeth com a voz baixa. — Você aceitou o trabalho?

— Eu cometi o erro de deixar o contrato sobre a minha escrivaninha. Fitzwilliam o encontrou e ficou furioso. Ele me proibiu de ver Thomas novamente e me fez desistir da ideia de ir para Nova York um dia e escrever em uma coluna da *Marie Claire*. — Ela suspirou, e seus adoráveis lábios arquearam-se em um muxoxo. Como era parecida com o sr. Darcy!

— Foi melhor assim — apaziguou Elizabeth. — Seu irmão a salvou da desgraça certa. Tornar-se uma mulher trabalhadora... — Sentiu um calafrio involuntário. Georgiana continuava cabisbaixa, e Elizabeth tomou sua mão.

— O que você vai fazer agora? — perguntou ela. — Fitzwilliam arrumará um marido adequado para você?

Georgiana revirou os olhos.

— Curraline Bingulin deseja que eu me case com seu irmão. — declarou ela. Os olhos de Elizabeth se arregalaram. — Mas ele é um pouco obtuso, não acha? Ele *ia* se casar com alguma outra mulher, uma de classe inferior, de acordo com Curraline, então pensei que estava a salvo. Mas Fitzwilliam disse a ele que a esquecesse e fosse viajar.

Cinquenta tons do sr. Darcy

— Seu *irmão* encorajou o sr. Bingulin a deixar Netherfield?

— Sim, ele não fazia gosto no casal.

Oh, pobre Jane! Aquilo era demais para suportar! O sr. Darcy arruinara a felicidade de sua amada irmã, talvez para todo o sempre! *Que filho da puta!*

Só então o sr. Darcy afastou o olhar da janela e o lançou em direção a Elizabeth. Olhava para ela com desejo, seus olhos acinzentados eram como tesouras, cortando as camadas de sua resistência. Como ele *conseguia fazer* aquilo?

"Talvez o que ele disse seja verdade", cortou seu subconsciente. "Talvez ele realmente não tenha sentimentos verdadeiros." *Meu Deus, ele podia ser um escroto às vezes.*

Não havia como negar que, sempre que falavam sobre Jane, o sr. Darcy não demonstrava qualquer sentimento de culpa ou remorso. Elizabeth esforçou-se para manter a compostura. Não queria que Georgiana sentisse que havia algo errado. Apesar de que seria bem mais difícil dissimular os sentimentos para o irmão dela.

"Cinquenta tons?", perguntou seu subconsciente. "Quarenta e nove deles parecem ser da pior qualidade."

Em retrospecto, Elizabeth não soube como foi capaz de sustentar uma manhã inteira de conversa e um passeio pelo armário de Georgiana, enquanto se sentia tão deprimida. Quando solicitada, opinou sobre os vestidos novos de Georgiana vindos de Londres, maravilhou-se com o mecanismo de porta corrediça do armário e comentou educadamente sobre o potencial decorativo de um espaço de 2,2 metros quadrados. Apesar disso, durante todo o tempo, seus pensamentos estavam fixos na irmã e em como o sr. Darcy havia frustrado as esperanças de Jane com tanta crueldade. Nada podia justificar tais ações, tão injustas e mesquinhas. Separar um casal tão amável daquela maneira também causaria sofrimento para o sr. Bingulin; tendo-o visto com Jane e conhecendo toda a sua carinhosa afeição por ela, Elizabeth pôde apenas imaginar a extensão de seu sofrimento e desespero.

Mal conseguiu almoçar — apesar dos esforços do sr. Darcy de tentá-la com um miojo — e, logo depois, pediu licença e retornou ao quarto, dizendo que a excitação de ter conhecido Georgiana lhe causara dor de cabeça. Poucos minutos depois, o sr. Darcy bateu à porta com suas mãos sexy.

— Elizabeth, você está doente? — perguntou ele, preocupado.

— Deixe-me sozinha, por favor — pediu ela. — Não quero falar com você.

— Abra esta porta, Elizabeth — ordenou ele, com a voz rouca. Sua ira aumentava, e Elizabeth imaginou sua expressão de raiva.

— Não vou abrir! — *Caramba, ela ousava desafiar o sr. Darcy!* Sem dúvida, ele teria vontade de ajoelhá-la e lhe dar uma sova.

— Taylor? — chamou o sr. Darcy.

Taylor saiu do cesto de roupas sujas de Elizabeth e, com um olhar envergonhado para ela, caminhou até a porta e a destrancou por dentro.

— Estou apenas fazendo meu trabalho, senhorita — desculpou-se o criado.

O sr. Darcy permaneceu ereto na soleira da porta, com o ombro apoiado no umbral, como se estivesse pronto para arrombá-la. Seu rosto era uma máscara de paixão. Sem querer, Elizabeth sentiu uma agitação familiar nas suas partes mais profundas e secretas.

Com um passo largo — era um quarto pequeno —, o sr. Darcy pôs-se ao lado dela na cama e a virou de bruços com seu braço musculoso.

— Se eu desejar falar com você, você vai falar comigo, srta. Bennet. — Ele respirou fundo. — Sou seu amo, e você, minha escrava. — Seus belos lábios arquearam-se de emoção e desejo. O cheiro de sabonete barato atingiu as narinas de Elizabeth e a deixou inebriada e, ao mesmo tempo, um pouco enjoada.

— Eu não sou sua escrava. Caso não se lembre, não cheguei a assinar seu maldito contrato — retorquiu Elizabeth.

Os olhos cinzentos do sr. Darcy arregalaram-se de surpresa e depois se tornaram escuros e revoltos. As sobrancelhas e a boca se retorceram. Estava evidente que ele travava uma batalha interna, lutando contra algum turbilhão interior. De repente, sua formosa boca abriu-se, e ele soltou um arroto ensurdecedor e gutural.

— Você não pode *fazer* uma coisa dessas! — exclamou Elizabeth. — Você é um herói romântico.

O sr. Darcy envergonhou-se.

— Perdoe-me — desculpou-se ele. — Deve ter sido a cebola em conserva que comi no almoço.

Percebendo o olhar horrorizado de Elizabeth, ele murmurou:

— Veja bem, você descobriria isso mais cedo ou mais tarde. — Gentilmente, ele traçou o queixo de Elizabeth com os indicadores longos e sexy. — Eu também peido.

— Não, não, não! — lamentou ela, cobrindo os ouvidos com as mãos. — Não estrague a minha fantasia! Você *não* é como os outros homens!

O sr. Darcy fez uma expressão de pesar.

— Devo voltar a ficar irritado?

— Por favor, faça isso.

A fúria do sr. Darcy estava de volta.

— O que há de errado, Elizabeth? — perguntou ele, irritado. — Não suporto vê-la infeliz. Você deve sempre ser honesta e se abrir para mim, ou serei obrigado a tirar todo esse brilho de dentro de você na base da porrada.

Elizabeth adotou uma postura firme.

— Você me magoou profundamente, ainda que eu não soubesse nessas últimas semanas.

— Não compreendo.

— Pode o senhor negar que se colocou entre Jane e o sr. Bingulin? Que a condenou devido à sua classe inferior e convenceu o sr. Bingulin de que ficar com alguém tão abaixo de sua posição social seria algo desfavorável?

— Não desejo negar que fiz tudo o que pude para separar o meu amigo da sua irmã, nem tampouco negarei que me alegro desse êxito.

— Como pôde? Jane nunca se recuperará dessa grande decepção. E quanto ao sr. Bingulin? Se realmente pensa que ele será feliz ao lado de Georgiana, está enganado.

— Georgiana? — espantou-se sr. Darcy. — O que ela tem a ver com isso? Ela nunca se casará — prosseguiu ele. — Ela não tem interesse em assuntos do amor.

— Então, por que, *por que* você encorajou sr. Bingulin a deixar Netherfield?

O sr. Darcy levantou-se abruptamente e começou a caminhar pelo quarto.

— Na época, eu acreditei que meus planos eram para benefício de todos — explicou ele com rigor. — O sr. Bingulin é uma alma inocente. Você deve ter notado que ele não é exatamente a criatura mais inteligente da face da Terra.

— E qual a relação disso com Jane? — perguntou Elizabeth indignada.

— Temia que ela logo se cansasse de sua imaturidade sem fim, sua ignorância a respeito do mundo, e, em especial, do seu bordão "Até mais, baby", que é, francamente, irritante sobremaneira.

Elizabeth concordou com a cabeça.

— Um argumento válido, sr. Darcy.

— Parecia inevitável que, em algum momento, ela abdicaria dele e transferiria todo o seu afeto para alguém menos estúpido. Minha intenção era salvar o sr. Bingulin antes que ele se apaixonasse profundamente, e eu fiz isso ao convencê-lo de que, em uma temporada de férias no Havaí com jovens colegiais, ele encontraria alguém com peitos maiores.

— Mas você acredita que essa era uma decisão sua?

— Eu raramente me engano sobre essas coisas — afirmou o sr. Darcy melancólico. — Mesmo meu primeiro amor teve um final triste...

Elizabeth arrepiou-se.

— Suponho que esteja se referindo a Lady Catherine?

Abismado, ele arregalou os olhos.

— Não... Estou falando do primeiro objeto de minhas afeições, quando eu era apenas um menino. — Ele suspirou. — A sra. Picles.

— A ursinha que roubou cruelmente do sr. Thomas Turband? — perguntou Elizabeth. — Você nutria sentimentos por ela? Mas Thomas me disse que você a tratava com muita crueldade e a chicoteava todos os dias!

— Oh, Elizabeth. — O sr. Darcy deu um sorriso triste. — Eu amava aquela ursinha com todo o meu coração! É verdade, nós cedíamos ao desejo de prazerosas sessões de espancamento, mas eu jamais a machucaria.

— Ela pertencia a Thomas!

— Não! Ela era minha, um presente que recebi de meu pai. Thomas roubou a sra. Picles de *mim*. Ele, como você sabe, é charmoso e erudito, e, facilmente, virou a cabeça da sra. Picles.

Elizabeth balançou a cabeça na tentativa de clarear os pensamentos.

— Confesso que não sei o que pensar. Isso tudo é tão confuso. Essa história sobre a sra. Picles não estava em *nenhum* dos livros.

— De fato, trata-se de um artifício no enredo deveras esquisito — observou sr. Darcy com tristeza. — Sem dúvida, os leitores vão achar isso estranho. Mas eu tenho a sincera esperança de que guardem alguma simpatia pela autora, que está claramente se esforçando aqui.

Ele estendeu a mão e acariciou o rosto de Elizabeth.

— Podemos mandar ver agora? — perguntou ele com esperança.

Elizabeth parou. Ele havia separado seu melhor amigo da sua querida irmã. Ele escondera esse fato e não demonstrara nenhum remorso. Era arrogante, frio e desprovido de quaisquer sentimentos puros.

Ela levantou a cabeça e olhou para seu rosto *incrivelmente sexy* e suspirou.

— Vamos logo com isso, então.

Cinquenta tons do sr. Darcy

Naquela noite, Elizabeth sonhou com lontras gigantes batendo umas nas outras até a morte com grandes pedaços de queijo. *Santa psicose induzida por drogas!*, pensou ela, quando acordou. Tenho de pedir à sra. Jones que não coloque láudano no meu chocolate quente.

Sentando-se, ela enrolou o corpo nu nos cobertores. A lareira do quarto tinha se apagado havia algum tempo, e o quarto estava gelado. Então, ela ouviu a música — algumas notas cadenciadas de uma canção adorável, mas melancólica, ecoando, tristes, na escuridão.

Como se atraída por um ímã gigante, Elizabeth se levantou da cama, estremecendo quando o pé descalço tocou o chão gelado de madeira. Seguindo o som, ela passou por corredores escuros e cômodos vazios da casa até chegar à sua origem. Parou ao chegar à sala de visitas. Fitzwilliam Darcy estava sentado sozinho no chão, cercado por brinquedos. Ao seu lado, havia um aro de rolar com sua vareta, e as marcas que traziam denunciavam o uso frequente; um regimento de soldadinhos de chumbo estava espalhado ao redor dele. De pernas cruzadas e nu, banhado pela luz de uma única vela, ele girava a corda de uma caixa de música com decoração chamativa. Sua expressão era triste e desolada, como a música. Sob a luz suave, seu rosto bonito e esculpido parecia ser de outro mundo, *como o de um anjo caído*, pensou Elizabeth. Ele girou a corda repetidas vezes, totalmente absorto na tarefa — girando e girando sem parar. *Ele toca magnificamente*, pensou Elizabeth, mesmerizada, observando os dedos esguios, aqueles mesmos dedos que antes se aprofundaram nos seus recantos mais escondidos.

Naquele momento, o macaco da caixa pulou emitindo um estridente som metálico, o qual pareceu assustar o sr. Darcy, que chorou de medo. Lágrimas quentes começaram a escorrer pelo rosto bonito.

Todos os instintos de compaixão de Elizabeth foram despertados. Oh, pobre sr. Darcy! Ele podia ser um tarado sexual, frio, presunçoso e insuportavelmente arrogante, mas, por baixo de tudo aquilo, ele não passava de um garotinho assustado.

— Essa melodia é muito triste — disse Elizabeth em tom gentil para não assustá-lo. — Há quanto tempo está tocando?

O sr. Darcy ergueu aqueles olhos cinzentos ainda brilhantes e cheios de lágrimas.

— Há mais ou menos meia hora — respondeu ele baixinho. — Não consegui dormir.

Por instinto, Elizabeth esticou a mão e tocou seu peito nu. Ele recuou.

— Ooooh, afaste-se de mim! — gritou o sr. Darcy, sacudindo as mãos.

Elizabeth se controlou na hora. Dominada pela visão do lindo corpo nu, esquecera-se completamente da regra do sr. Darcy de não tocá-lo.

— O meu toque lhe traz recordações tristes do tempo que passou em Picon? — perguntou em tom suave.

O sr. Darcy pareceu confuso.

— Não. É que suas mãos estão geladas.

Devagar, ele começou a girar a corda da caixa de música de novo. Notas prateadas se elevaram no ar.

— Sua mãe tocava? — quis saber Elizabeth. Ela se lembrou de ter visto, no alto da escadaria, um quadro de uma mulher bonita e de cabelo escuro, sentada a um piano.

— Eu nunca falo sobre a minha mãe! — exclamou o sr. Darcy, com tanta raiva e veemência que Elizabeth ficou abalada.

— Por quê? — perguntou ela.

O maxilar do sr. Darcy se contraiu, e seus olhos ficaram frios como pedras.

— Não me pergunte isso, Elizabeth — murmurou ele. — Qualquer coisa, menos isso.

Embora ele parecesse ameaçador — até mesmo perigoso — quando zangado, Elizabeth sabia que precisava insistir. Havia tantas coisas que queria saber, tantas coisas que poderiam explicar por que Fitzwilliam Darcy era um FDP tão fodido.

— Ela era uma esteticista — arriscou Elizabeth. — Disso eu sei.

O sr. Darcy deu uma gargalhada dura e amarga.

— Esteticista! Ela não era apenas isso.

— Por que você não pode me contar mais?

Abruptamente, o sr. Darcy se levantou, e seu enorme pênis balançava como um pêndulo.

— Porque eu a odiava! — gritou ele. Elizabeth se sobressaltou. Ele parecia tão veemente, tão cheio de raiva. — Ela conheceu o meu pai, o melhor homem, o mais honrado e gentil, no seu salão de beleza em Londres, quando ele a procurou para fazer uma depilação do corpo inteiro — contou ele em tom ríspido. — Mas aquele não era um salão comum.

Elizabeth permaneceu em silêncio, observando-o. Ele andava de um lado para o outro com o olhar fixo no piso de madeira, como se as lembranças ameaçassem subjugá-lo.

— Elas ofereciam trabalho extra? — estimulou Elizabeth, em tom gentil.

O sr. Darcy concordou com a cabeça, cheio de ódio.

— De fato. Então minha mãe era... era...

— Uma prostituta viciada em crack — murmurou Elizabeth.

— Correto.

Os ombros do sr. Darcy estremeceram, e Elizabeth se perguntou se ele voltaria a chorar. Em vez disso, pegou a caixa e a apertou contra o peito. Elizabeth sentiu uma onda de ternura.

— Mas certamente — tentou ela — você não tem como saber quais circunstâncias levaram sua mãe a tal destino. Você não pode culpá-la por isso. Você, que trabalhou incansavelmente com mulheres da vida, deve ter alguma comiseração pela condição dela.

O sr. Darcy suspirou.

— Se isso fosse tudo, Elizabeth... — murmurou ele. — Mas, veja bem, minha mãe nunca me amou. Era negligente, fria e distante. Quando deixou o salão para se casar com o meu pai, desenvolveu outros interesses.

Elizabeth arregalou os olhos.

— Ela se tornou obcecada por ornitologia — continuou o sr. Darcy. — Por estudar as aves que viviam nos lagos e nos jardins de Pembaley. Nada mais importava. Ela só falava sobre isso. Era especialista em patos.

Elizabeth tinha a terrível sensação de que sabia aonde aquilo ia chegar.

— Então, ela era uma... molestadora de patinhos?

— Ela foi por muitos anos. Então, os mamíferos se tornaram seu *hobby*. Quando ela abriu sua loja de vibr...

— Por favor, pare agora. Já ouvi o suficiente! — exclamou Elizabeth.

— Agora, você consegue entender por que eu carrego tantos ressentimentos em relação a ela? — confessou ele. — Ela nunca foi uma mãe de verdade para mim. Se não fosse por sua melhor amiga, Lady Catherine, ter se interessado por mim, eu estaria perdido.

Elizabeth empinou o nariz.

— Alguns diriam que o interesse de Lady Catherine em você foi maligno. Que, se ela não tivesse exercido sua influência em você, sua personalidade não teria se voltado tanto para o lado negro.

— Isso não é verdade. — O sr. Darcy deu um sorriso lascivo e o outro Fitzwilliam, o tarado sexual, estava de volta. — Ela me tornou o que sou hoje. E isso quer dizer que a senhorita deve voltar para a cama. Eu a quero bem descansada para mais bimbadas amanhã.

Bimbadas? Nossa! Isso parecia ser tão... *quente*. Elizabeth sentiu suas partes secretas se apertarem de excitação.

— Eu me pergunto se, antes das bimbadas — Elizabeth sentia o rosto queimar só de dizer as palavras —, talvez pudéssemos ir de carruagem até as montanhas e fazer um piquenique. Ouvi dizer que, de lá, temos uma linda vista e que podemos ver até Yorkshire.

O sr. Darcy deu um sorriso sarcástico.

— Eu não sou o tipo que faz piqueniques, srta. Bennet. Não faço o tipo que come bolinhos delicados e participa de conversas educadas. Embora eu tenha tido uma experiência memorável ao ar livre com uma torta de vitela e presunto... — O sr. Darcy pareceu perdido em pensamentos. — Não, Elizabeth, meus gostos só abrangem coisas mais sombrias.

— Então, o senhor nunca aproveitou uma atividade inocente com uma mulher, apenas atos libertinos? — perguntou Elizabeth, perplexa. — O senhor nunca jogou cartas ou conversou sobre poesia com uma amante?

— Nunca, srta. Bennet.

— O senhor nunca aproveitou um passeio por um jardim ou jogou bola ou argolas no gramado?

— Não. Bem, talvez argolas na vara, se é que me entende.

Elizabeth não encontrou conforto na honestidade da resposta do sr. Darcy. Embora ele tenha deixado bem claro, desde o início, o que esperar da vida de escravidão sexual em Pembaley, ela se achava, inexplicavelmente, desejando mais. Um orgasmo, por exemplo, seria ótimo.

Elizabeth ficara um bocado frustrada por não receber cartas de Jane desde que chegara a Pembaley, mas, por fim, a aflição acabou com a chegada de duas cartas de uma só vez, uma das quais com carimbo atestando o extravio. Elizabeth não se surpreendeu, pois Jane havia escrito o endereço "Elizabeth @ Masmorra do Sexo".

Abriu primeiro a carta extraviada. Continha notícias de Longbourn e de compromissos sociais e festas, mas, na segunda metade, datada do dia seguinte e escrita em evidente agitação, trazia informações mais importantes.

> Aconteceu uma coisa muito inesperada e séria. O que tenho a dizer se refere à pobre Lydia. Uma carta expressa chegou ontem à meia-noite do quartel

informando que ela havia partido para a Exposição de Livros em Nova York com Thomas. Ao que parece, ele e Lydia, sem nosso conhecimento, andavam discutindo sobre — perdoe-me a indelicadeza, Lizzy — trabalho, e os pensamentos sobre uma carreira viraram a cabeça de nossa irmã, pois você bem sabe como ela é vaidosa e teimosa. Parece que ele a seduziu a trabalhar com promessas de um salário e de crescimento no emprego. Lydia escreveu algumas linhas para nós, informando sua intenção de visitar algumas feiras nos Estados Unidos. Mais não temos mais notícias. Esteja certa de que voltarei a escrever assim que as tivermos.

Sem se permitir tempo para refletir, Elizabeth, ao terminar de ler a primeira carta, instantaneamente pegou a outra. Fora escrita um dia depois da conclusão da primeira e dizia o seguinte:

A esta altura, minha querida irmã, você já deve saber dos nossos temores de que Lydia agora tenha um emprego. Temo trazer más notícias, que não podem esperar mais. Fomos informados, através de amigos de Thomas, de que ele não tem intenção de pagar um salário à Lydia. Ela será uma *estagiária não remunerada*. Trata-se de um escândalo! Pobre Lydia, tão tola. Ser atraída por promessas de promoções no mundo editorial, apenas para ser ludibriada a tirar fotocópias, pegar a roupa de Thomas na lavanderia e organizar a festa de Natal do escritório sem ganhar um tostão. Nosso único consolo é que ela não é a primeira jovem dama de berço respeitável a sofrer desse modo.

Não há muito mais o que contar. Nosso padrasto viajou em direção a Bristol para tentar alcançar Thomas e Lydia antes que partam. Mamãe está fora de si de tanta tristeza e não sai do quarto; ela disse que teme que agora Lydia nunca mais seja deflorada e que, sem dúvida, irá para Londres e se tornará uma lésbica. Quanto a mim, não posso evitar pensar o pior. Se Thomas Turband realmente usar Lydia dessa maneira tão cruel, ela estará perdida. Ela nunca desejará voltar para a vida respeitável da nobreza — fazer *découpage*, bordar e observar os lambris — uma vez que tiver experimentado a vida pecaminosa de uma assistente editorial. Ela queimará seu espartilho e se tornará uma feminista!

— Oh, o que eu faço? — chorou Elizabeth, erguendo-se de um salto ao terminar a carta e seguindo para a porta como se quisesse, ela mesma, procurar o infeliz casal. Naquele momento, o sr. Darcy apareceu. O rosto pálido e o movimento impetuoso dela deixaram-no preocupado, mas, antes que ele pudesse falar, ela exclamou apressada:

— Perdão, mas preciso partir. Há eventos acontecendo em Longbourn que exigem minha atenção, e preciso partir imediatamente.

— Santo Deus! O que aconteceu? — perguntou o sr. Darcy com urgência e os olhos cinzentos esfumaçados cheios de preocupação. — Você está doente? Quer um sanduíche de bacon?

— Não, obrigada — respondeu ela, fraca e esforçando-se para se recuperar. — Estou bem. Acabei de receber algumas notícias de Longbourn que me angustiaram. Isso é tudo.

Ansiosa, Elizabeth começou a roer as unhas. O sr. Darcy soltou um gemido gutural e baixo.

— Não faça isso, Elizabeth — murmurou ele. — Você sabe o que isso faz comigo.

— Sinto muito — desculpou-se Elizabeth, pousando as mãos no colo. — Minha intenção não era inflamá-lo de desejo.

Os olhos do sr. Darcy estavam anuviados e intensos. Será que ele nunca ficaria curado daquela conjuntivite?

— Curve-se, Elizabeth.

— Sr. Darcy, não é a hora nem o lugar para isso — rogou Elizabeth.

— Vou dar o que você quer, Elizabeth, com força.

— Oh, pelo amor de Deus, desista, sr. Darcy, eu imploro! — exclamou Elizabeth. — Eu não quero nada neste momento em particular, com força ou sem força! Se o senhor realmente quiser me ajudar, então, seja gentil e peça que uma carruagem me leve até a cidade para que, de lá, eu possa seguir com o correio até Hertfordshire.

— Deixe-me açoitá-la primeiro.

— Eu não tenho tempo a perder.

— Então, creio que uma punheta também esteja fora de cogitação.

— Obviamente, sr. Darcy.

Por um momento, os olhos do sr. Darcy brilharam de raiva. Então, a expressão do rosto bonito se suavizou, e suspirou em arrependimento.

— É claro que a ajudarei, Elizabeth. Eu faria qualquer coisa por você. Mas primeiro preciso de alguns momentos a sós no meu escritório. — Ele caminhou, rijo, em direção à porta. — A propósito, você teria um lenço para me emprestar?

Cinquenta tons do sr. Darcy

O sr. Darcy insistiu em acompanhar Elizabeth na carruagem até Derby, e, durante a viagem, ela explicou as circunstâncias da viagem de negócios de Lydia e Thomas.

— Não posso evitar me sentir culpada — lamentou-se Elizabeth. — Se tivesse contado ao mundo apenas uma parte do que o senhor me contou sobre o caráter de Thomas e o modo terrível como ele tratou sua irmã, isso não teria acontecido.

O maxilar do sr. Darcy contraiu-se em uma linha firme.

— É mesmo verdade tudo isso? — perguntou ele. — Talvez Lydia tenha se dado mal na segunda entrevista ou talvez ainda não tenha assinado nenhum contrato.

— Está tudo certo. A intenção de Thomas é empregá-la o quanto antes.

Ao pensar na humilhação e na desgraça que Lydia levaria a todos, os olhos de Elizabeth se encheram de lágrimas.

— O senhor poderia me devolver o lenço? — perguntou ela.

O sr. Darcy se virou no assento, parecendo desconfortável.

— Há... Essa talvez não seja uma boa ideia, Elizabeth.

Elizabeth olhou pela janela com o coração apertado de sofrimento.

— Não consigo entender por que Lydia se interessou por um emprego na área editorial — ponderou ela. — Ela nem sabe a diferença entre "comprimento" e "cumprimento".

Um dos indicadores compridos do sr. Darcy se esticou e enxugou as lágrimas de Elizabeth.

— Não suporto vê-la sofrendo. Isso corta o coração desta minha alma sombria — sussurrou ele. Ele enfiou a mão no bolso. — Aqui está algo para fazê-la sorrir.

— Mas o que é isto? — perguntou Elizabeth olhando com curiosidade para os objetos misteriosos e ovais diante dela.

— É um vibrador jumbo — respondeu o sr. Darcy, rouco.

A curiosidade de Elizabeth foi despertada.

— É um enfeite, sr. Darcy? — inquiriu ela. — Se for, é um pouco ostentoso para o meu gosto.

O sr. Darcy deu um sorriso obscuro.

— Ninguém o verá, Elizabeth. Você o usa dentro de você.

Cinquenta tons do sr. Darcy

Elizabeth arfou. Seu subconsciente desmaiou. E até mesmo a sádica interior se serviu de uma boa dose de gim.

— Quero que se ajoelhe no piso da carruagem agora, Elizabeth — murmurou o sr. Darcy.

Elizabeth hesitou. Taylor estava sentado acima deles, controlando os cavalos.

— E se ele vir alguma coisa?

— Faça o que eu mando — ordenou o sr. Darcy.

De forma desajeitada devido à largura da carruagem, Elizabeth se ajoelhou aos pés do sr. Darcy.

— Boa menina — elogiou o sr. Darcy. — Agora, diga-me, Elizabeth, o que você quer que eu faça?

Elizabeth engoliu em seco, nervosa.

— Você pode fazer o que quiser, *senhor*.

Ela sentiu a saia ser levantada por mãos poderosas. O sr. Darcy rasgou sua calçola em retalhos. O corpo de Elizabeth estremeceu em antecipação.

— Prepare-se, Elizabeth — disse o sr. Darcy, e ela, de repente, sentiu uma sensação fria na parte do seu corpo que não deveria ser mencionada.

— Oh! — arquejou ela, surpresa.

— A sensação é agradável? — quis saber o sr. Darcy, falando em voz baixa e suave.

Elizabeth respirava de forma entrecortada enquanto se acostumava à sensação.

— Creio que sim — ofegou ela.

— Você pode se sentar agora, srta. Bennet.

Tremendo, Elizabeth se ergueu e se acomodou no banco em frente ao sr. Darcy. Que sensação extraordinária! Era assustadora e, ao mesmo tempo, prazerosa. Quando a carruagem dava solavancos e balançava, ela se tornava mais volúvel e distraída. *Meu Deus!* O sr. Darcy a observava com um sorriso sacana.

— Taylor! — chamou ele. — A estrada de Bakewell ainda é esburacada?

— Creio que sim, senhor.

— Então, é para lá que vamos!

Quando Elizabeth, por fim, desceu da carruagem na escada de Longbourn, sua alegria e seu alívio ao ver Jane esperando-a foram consideráveis. Na verdade, sua felicidade quase a fez esquecer as sensações proporcionadas pelo vibrador jumbo, até que Jane comentou sobre seu rosto corado e seu caminhar gingado e incomum.

Enquanto as irmãs se abraçavam afetuosamente, Elizabeth perguntou:

— Alguma notícia de Lydia e Thomas?

— Ainda não — respondeu Jane. — Nosso padrasto escreveu para informar que já se encontra em Bristol, mas não há sinal deles no porto. Essa foi a última notícia que recebemos.

— E quanto à mamãe? Como ela está?

— Está deveras abalada. Tem perguntado por você. Por favor, suba para vê-la no quarto.

Elizabeth dirigiu-se aos aposentos da mãe, e a sra. Bennet a recebeu exatamente como o esperado, com lágrimas nos olhos, lamentos e reclamações contra a traição do sr. Thomas.

— Uma editora executiva? Que tipo de trabalho é este? — lamentou-se ela. — Thomas não passa de um canalha, um grosseirão! Eu estava certa de que ele seduziria Lydia e ela estava pronta para aquilo. Chegamos a comprar camisinha para ela carregar na bolsinha e estar prevenida. E agora, ao que parece, ele não tinha nenhum interesse em comê-la! Tudo o que ele via era uma garota tola de classe média pronta para ser escolhida e se deixar impressionar por papos de contratos estrangeiros, direitos autorais e provas de capa! Ele teve a cara de pau de lhe oferecer experiência de trabalho! A minha filha, uma trabalhadora! Nunca superarei isso! Nunca!

— Mamãe, não perca as esperanças — pediu Elizabeth. — Talvez o sr. Bennet consiga encontrá-los antes que qualquer dano real tenha sido causado. Se ele conseguir trazer Lydia de volta a Longbourn antes que ela aprenda a tirar xerox, talvez tudo fique bem.

— Isso é mais do que eu poderia esperar — lamentou-se a sra. Bennet. — O sr. Bennet tem de encontrá-los. E, se Lydia não quiser voltar para a vida doméstica tediosa, destruidora de almas e estúpida, ele deve talvez tentar convencer Thomas a pagar um salário a ela. Isso pelo menos seria um consolo. Oh! Por que Lydia não considerou o trabalho de acompanhante? Essa, sim, seria uma profissão com perspectivas!

Elizabeth tranquilizou a mãe, mas, na verdade, ela mesma não acalentava muitas esperanças. Principalmente considerando a carta da própria Lydia, deixada no quartel, e que agora era lida, em voz alta, por Jane.

Queridas mamãe e irmãs,

Vocês hão de dar risada quando souberem aonde estou indo, e não consigo deixar de rir também com a surpresa que hão de sentir amanhã cedo, assim que derem por minha falta. Estou indo para a BookExpo em Nova York! E, se não puderem adivinhar com quem, vou achá-las simplórias, pois só existe um oficial do Exército que possui uma editora independente como atividade paralela. Thomas prometeu me apresentar a Coleridge, Lord Byron e muitas outras figuras proeminentes do mundo literário. Eu serei sua "secretária editorial" — como soa grandioso! Não receberei salário por enquanto, mas, se eu trabalhar com afinco e me tornar parte da equipe, ele me assegurou de que "haverá outras oportunidades para eu subir". Pense em todos os sapatos e bolsas que poderei comprar com o meu primeiro pagamento!

Adeus e até a volta. Espero que brindem ao meu sucesso!

Beijos,

Lydia

A terceira e a quarta irmãs Bennet exibiram reações bem diferentes à carta de Lydia. Kitty ficou satisfeita por sua principal rival nas atenções dos oficiais ter partido de Longbourn para sempre e, assim, anunciou que estava contente com a situação difícil na qual Lydia se encontrava.

— Ela estará uma velha enrugada e acabada quando voltar! — exclamou ela, triunfante. — Ouvi dizer que trabalhar para viver faz isso com as pessoas.

Mary, contudo, censurou a atitude da irmã, como lhe era típico.

— Isso apenas terá um efeito pernicioso sobre o caráter de Lydia — declarou ela. — Ela pode ter sido vaidosa e tola, mas, como uma executiva, ela se tornará grosseira, sem noção, pomposa e estúpida. Todos nós assistimos ao programa *O Aprendiz*. — Com isso, ela voltou para a sala de música lançando um olhar ansioso para o sr. Raboquisto, que dissera que as aulas dela ainda não haviam terminado, não até que ela executasse um arpejo ou dois.

Todos os dias em Longbourn eram agora dias de aflição; mas a parte mais aflita de cada dia era quando passava o correio. A chegada de cartas era o primeiro grande objeto de impaciência a cada manhã. Mas, antes de uma carta do padrasto, chegou uma carta de um endereço diferente, de Hunsford e do sr. Phil Collins. Jane a abriu e a leu durante o café da manhã e pôs-se a lê-la para as irmãs:

Prezados sr. e sra. Bennet,
Sinto-me na obrigação de prestar-lhes minhas condolências pela pesarosa aflição que os senhores estão

sofrendo, da qual fomos informados recentemente. A morte da sua filha teria sido uma bênção em comparação a isso. O senhor merece tristemente nossa compaixão, opinião em que me acompanham não apenas a sra. Collins, como igualmente nossa querida Lady Catherine de Bruços, que declarou que nenhuma filha dela seria vista num escritório. Ela concorda comigo ao entender que tal passo em falso de uma filha haverá de prejudicar a sorte de todas as outras, pois quem, como a própria Lady Catherine diz, haverá de se relacionar com uma família assim? Permita-me aconselhá-los a repudiar a filha indigna para sempre de sua afeição. O único conforto que posso lhes dar nesse momento de necessidade é dividir com os senhores a minha estratégia para lidar com o infortúnio: quando fico triste, tudo o que tenho a fazer é olhar pra você, então não fico mais tão triste.* Os senhores poderiam tentar isso, embora tudo dependa de para quem estão olhando.
Cordialmente,
Phil Collins

---

* Primeira estrofe da música "A Groovy Kind of Love" de Phil Collins (N.T.).

— Escroto pomposo! — murmurou Elizabeth de forma grosseira.

Seu alívio por ser a escrava sexual pervertida do sr. Darcy, em vez de a esposa do sr. Collins, não poderia ser maior. No entanto, Elizabeth se perguntava por que o sr. Darcy não havia escrito. Estaria zangado por ela ter retornado à Longbourn?

Ao que tudo indicava pelas conversas em Meryton, Thomas deixara dívidas consideráveis na cidade e devia cerca de duas libras na fábrica de papel e um pouco menos nas gráficas.

— Parece que está bastante claro que a companhia dele está operando no vermelho — declarou Jane, enquanto caminhavam juntas por entre as sebes dos fundos da casa. — Não devia ser o sucesso que ele nos fez crer.

— Ele nos enganou o tempo todo — respondeu Elizabeth.

— Os credores dele dizem que o motivo de sua situação financeira é que alguns de seus últimos lançamentos não venderam tanto quanto o esperado. O *Guia Thomas Turband para Corridas de Cavalo*, por exemplo, atraiu apenas um nicho do mercado, embora alguns dos seus títulos agrícolas tenham sido muito bem-sucedidos. Dizem que *Cinquenta Tons de Feno* teve uma excelente venda.

Cinquenta tons do sr. Darcy

Enquanto saíam das sebes, viram Cragg, a criada, caminhar, apressada, em direção a elas com uma carta nas mãos.

— Oh, srta. Jane! Srta. Elizabeth! — chamou ela com a voz esganiçada, típica da classe pobre.

— Acabou de chegar uma carta expressa do sr. Bennet para vocês!

Imediatamente, as duas jovens correram em direção a ela e, com certa impaciência, pegaram a carta de sua mão retorcida de trabalhadora.

— Vamos, leia em voz alta — pediu Jane a Elizabeth.

"Minhas queridas meninas, por fim consigo enviar-lhes notícias sobre a sua irmã e o sr. Turband. Descobri onde se encontram e, ao visitá-los, os encontrei deveras ocupados..."

— Oh, não! — arquejou Jane.

"... grampeando páginas de prova de revisão para fazerem uma boneca. Confrontei Thomas quanto às suas intenções em relação à Lydia, e ele confessou que não tem como arcar com o salário dela, pois sua companhia está com vários pagamentos em atraso. Entretanto, ele deposita muitas esperanças nas vendas de *Cinquenta Tons de Sementes,* o segundo volume da trilogia Cinquenta Tons. Para tornar o negócio possível, sugeri dar a Lydia sua parte nas cinco mil libras que pretendo deixar de herança para vocês, meninas, depois da minha morte. Se Lydia investir essa quantia, ela se tornará sócia e diretora da Thomas Turband Empreendimentos.

O acordo está pronto e redigido e será assinado nesta semana ainda e, depois disso, eu logo voltarei para Longbourn."

Elizabeth franziu o cenho.

— Thomas nunca aceitaria Lydia na diretoria por menos de dez mil libras — refletiu ela. — Ele não é tolo. Tem vários custos indiretos e dívidas a saldar. Não creio que concordará com isso.

Jane também franziu o cenho, e elas ficaram trocando olhares intensos com o cenho franzido.

— O que você está pensando, Lizzy? — perguntou Jane.

— Que há mais coisas por trás disso. Considerando que nosso padrasto tem menos de dois xelins, alguém, algum benfeitor misterioso, deve ter quitado as outras dívidas de Thomas e, sem dúvida, investido uma grande soma nos negócios dele.

— Mas quem?

As duas irmãs pensaram muito.

— Conhecemos algum cavalheiro extremamente rico e com interesse no bem-estar de nossa família, ou pelo menos em um membro dela?

Jane meneou a cabeça. Tratava-se de um mistério deveras difícil de resolver.

O restante da semana passou com os preparativos para o retorno dos executivos impertinentes. A sra. Bennet não recebeu bem a notícia e passou mais dois dias na cama, chorando e lamentando o fato de sua filha mais nova ter, de livre e espontânea vontade, se tornado tão sem atrativos para qualquer homem. Na quarta-feira, porém, ela se animou e afirmou estar forte o bastante para ouvir tudo sobre a traquinagem editorial de Lydia.

Cansada daquelas tolices, Elizabeth refugiou-se em seu quarto, onde poderia pensar à vontade. A situação da pobre Lydia era ruim, mas poderia ser pior. Por isso, Elizabeth tinha motivos para estar grata. Quem seria aquele benfeitor misterioso?

O dia do retorno de Lydia chegou, e a sra. Bennet e as quatro filhas mais velhas a aguardavam nos degraus de

Longbourn esperando um vislumbre da carruagem que a levaria e a Thomas até lá. Ao vê-la, Kitty soltou um gritinho de alegria, e até mesmo a sra. Bennet esboçou um sorriso triste.

A voz de Lydia chegou aos ouvidos delas:

— Está tudo muito bem, Thomas, mas ela tem pernas? Temos de nos certificar de que ela é robusta antes de lançá-la no mercado...

Agora também podiam ouvir a voz de Thomas.

— Estou confuso, Lydia. Ainda estamos falando de Margarida, minha vaca manca, ou sobre a nossa nova empreitada editorial?

A porta da carruagem se abriu. Lydia saiu, luminosa, e abraçou sua família de forma calorosa. Como estava mudada! O chapéu adornado com fitas e o vestido de musselina que costumava usar desapareceram, e, em seu lugar, ela usava um vestido que lembrava um terno masculino. O casaco tinha ombros exagerados, ao passo que a saia chegava aos joelhos. As botas foram substituídas por sapatos delicados de salto agulha. Carregava uma valise retangular de couro com uma pequena alça.

— Tome conta da minha valise, Lizzy. Ela custou muito caro — disse ela, alegre, colocando-a nos braços abertos de Elizabeth. — E Jane! — exclamou ela. — Qual é o problema com você? Parece tão pálida! Você ainda está aguardando que alguém a despose? Declaro que estou feliz por ter me livrado de toda essa bobagem. — Ela deu uma risadinha. — Não preciso mais ficar sonhando com oficiais da tropa. Os únicos sacos pelos quais me interesso agora são os que me chegam lotados de dinheiro.

A sra. Bennet parecia prestes a desmaiar e, na verdade, vacilou um pouco enquanto Thomas saía da carruagem atrás de Lydia. Sua aparência não mudara muito, mas ele tinha um olhar envergonhado. Quando Elizabeth o encarou, ele baixou os olhos para o chão, como se o cascalho fosse a visão mais fascinante que já vira na vida.

Lydia entrou em casa antes da mãe e das irmãs, tagarelando o tempo todo sobre como Longbourn era inexpressiva e pequena em comparação com o hotel Bristol Premier Inn, que a impressionara sobremaneira com as cortesias — aparelhos de chá e café em todos os aposentos e até um moderno ferro de passar roupa.

Kitty foi reprovada por estar na moda e Elizabeth por ter um brilho atraente no rosto.

— Ora, Mary! — exclamou Lydia, de repente, ao ver a irmã de perfil. — Como você engordou na minha ausência.

Mary lançou um olhar de raiva para Lydia. Elizabeth, porém, achou que havia um quê de verdade no comentário da irmã. Mary realmente engordara nas últimas semanas, especialmente na barriga, sem dúvida, devido aos esforços sedentários de tocar piano e estudar latim. Elizabeth decidiu que convidaria Mary para se juntar a ela nas caminhadas diárias pelo bosque.

Um estranho almoço se seguiu, durante o qual Thomas e Lydia discutiram seus planos de expansão para a Thomas Turband Empreendimentos e o aumento chocante nos preços do papel, enquanto o restante da família apenas acenava com a cabeça de forma educada.

— Temo que não possamos nos demorar — declarou Thomas. — Precisamos comparecer a uma reunião de acionistas.

— Vocês não ficarão aqui em Longbourn? — perguntou a sra. Bennet.

— Não, viemos apenas para o almoço — apressou-se Lydia a responder. — Temos de estar em Hertford às duas horas. — Com isso, ela se ergueu da mesa e passou a mão no casaco. — Oh, você nunca adivinhará quem estará na reunião de acionistas, Lizzy. O seu sr. Darcy!

Elizabeth piscou, surpresa.

— Ele investiu vinte mil libras — informou ela, feliz. — Um gesto bastante generoso. No entanto, estipulou que investíssemos parte do dinheiro em uma nova série de edições para colecionadores de seus materiais pornográficos.

Então, o sr. Darcy era o salvador delas! Fora ele quem resgatara Lydia, condenada a viver uma vida de penúria e desgraça. Pelo menos agora ela só precisaria lidar com um pouco de desgraça.

— Você se tornará uma feminista agora, Lydia? — perguntou a sra. Bennet, temerosa. — Sei que muitas jovens damas estão seguindo as ideias de Mary Wollstonecraft, mas é claro que nenhuma delas nunca deu umazinha. Você sabe que os homens não gostam de mulheres com opiniões fortes.

Lydia riu.

— Oh, mãe, pode esquecer isso — declarou ela. — Ninguém sobe no mundo dos negócios sendo uma feminista.

A sra. Bennet deu um suspiro de alívio.

— Tenho um plano muito melhor do que esse. Vou me submeter a uma troca de sexo.

Depois da partida de Lydia e Thomas, o humor da sra. Bennet se manteve como antes. Lydia obviamente estava determinada a mudar de sexo. Elizabeth não tivera notícias de sr. Darcy e corria o risco de não ser mais sua escrava sexual, Jane e Kitty ainda não tinham namorado, e Mary estava gorda como uma porca. Isso era mais do que o suficiente para mandá-la de volta para a cama.

Uma fortuita reviravolta, no entanto, aconteceu na semana seguinte, a qual deu à sra. Bennet esperança de que tudo acabaria bem para as filhas. Ela e as três mais velhas estavam costurando, quando Kitty entrou de supetão no aposento.

— O que foi, minha filha? — perguntou a sra. Bennet, que deixou cair sua calçola, chocada.

Kitty estava ofegante.

— O sr. Bingulin! Está vindo para cá!

— O quê? — gritou a mãe. — O sr. Elliot Bingulin, de Netherfield? Tem certeza, menina?

— Eu o vi na estrada de Meryton. Ele vem a cavalo! — exclamou Kitty. — E há alguém com ele, mas não sei ao certo quem é.

O coração de Elizabeth disparou. Poderia ser, finalmente, o sr. Darcy? Como sentira falta dos olhos cinzentos de aço, das coxas musculosas, das batatas crocantes e da torta de carne de carneiro — ele acabara se revelando um excelente cozinheiro.

A notícia da chegada iminente do sr. Bingulin causou um furor de atividades em Longbourn. Jane foi enviada para o andar de cima para vestir sua roupa mais diáfana, transparente, e Cragg foi chamada para fazer com que o cabelo da sua ama ficasse apresentável. Kitty e Mary foram enviadas ao jardim para não ficarem no caminho. Elizabeth pôs-se a trabalhar intensamente na costura, sem ousar esperar que a volta do sr. Bingulin pudesse significar o ressurgimento do seu ardor pela sua irmã.

Naquele momento, os visitantes chegaram à casa e, depois de amarrados os cavalos, foram acompanhados até a sala de estar.

Cragg fez as apresentações:

— Sr. Bingulin, madame, e princesa Leilani.

O sr. Bingulin entrou com seu costumeiro andar preguiçoso, como um cachorro springer spaniel inglês faminto e pequenino. Era seguido por uma menina bonita de olhos escuros, cerca de 18 anos, que olhava timidamente por sob a aba do chapéu. Sua compleição era escura, e o cabelo negro como a meia-noite.

Ao ver Jane, as feições do sr. Bingulin se iluminaram.

— Ora, srta. Bennet! — exclamou ele. — A senhorita está linda. Confesso que já faz muito tempo desde que estive em Longbourn.

— Na verdade, sim, faz muito tempo mesmo — interveio Elizabeth. — Sete meses e catorze dias.

O senhor aproveitou a sua estada no Pacífico, sr. Bingulin? Creio que as ondas sejam altas o bastante para o seu gosto.

O sr. Bingulin se virou para ela e fez uma reverência educada.

— De fato, srta. Bennet, eram bastante altas. Foi radical. Mas confesso que senti muita falta de Hertfordshire. — Novamente, seus olhos pousaram em Jane com brilho e esperança.

Naquele momento, a princesa deu uma pequena tossida, e o sr. Bingulin pareceu se lembrar das boas maneiras.

— Oh, perdoem-me. Por favor, permitam que apresente a minha namorada — disse ele em tom alegre. — Eu a ganhei em uma competição de surfe em Waikiki.

Jane empalideceu na hora. Elizabeth lhe lançou um olhar preocupado.

— Infelizmente a princesa não fala nenhuma palavra de inglês — continuou o sr. Bingulin. — Mas fui obrigado a trazê-la comigo para a Inglaterra porque ela está grávida.

— Temo que minha irmã esteja um pouco tonta, senhor — disse Elizabeth.

O sr. Bingulin deu um passo à frente e tomou Jane nos braços.

— Então, permita-me levá-la para um passeio no jardim para tomar um pouco de ar — sugeriu ele. Erguendo-a de forma gentil, ele a carregou pela porta. A princesa estreitou os olhos.

Jane e o sr. Bingulin se ausentaram por cerca de meia hora, e, durante todo o tempo, apesar de terem oferecido à princesa Leilani bolo, chá e um jogo de cartas, ela recusou tudo, mantendo o olhar fixo na janela que dava para o jardim.

Naquele momento, duas figuras apareceram na direção do orquidário, caminhando pelo gramado de mãos dadas. O sr. Bingulin brilhava de alegria, e Jane estava radiante de felicidade.

A princesa Leilani começou a praguejar baixinho.

— Trago boas notícias! — contou o sr. Bingulin assim que voltaram à sala de visitas. — Jane aceitou se tornar a minha esposa!

— Essa realmente é uma notícia feliz! — exclamou Elizabeth, levantando-se de um salto para abraçar Jane.

— Sempre soube que isso acabaria acontecendo! — cacarejou a mãe. — Eu não disse que, se Jane permitisse que o sr. Bingulin tivesse acesso aos "países baixos", ela o seguraria para sempre?

O rosto de Jane brilhava de alegria.

— Oh, Lizzy — suspirou ela. — Eu não me atrevia a acalentar esperanças! Já estava resolvida a esquecê-lo, mas eis que ele está aqui! Se ao menos eu pudesse partilhar minha felicidade e você encontrasse alguém que significasse tanto para você quanto o meu querido sr. Bingulin significa para mim...

O sr. Bingulin deu uns tapinhas carinhosos nas nádegas de Jane.

— O casamento deve acontecer o mais rápido possível. A recepção acontecerá em Netherfield. Nós... — De repente, seu olhar encontrou o da princesa Leilani. — Oh, céus. Eu me esqueci — desculpou-se ele.

— O que o senhor vai fazer? — inquiriu Elizabeth, quando o rosto adorável da princesa se anuviou de raiva.

— Não se preocupem com isso — pediu uma voz familiar vinda da porta. Elizabeth arfou. *Sr. Darcy!*

Ele adentrou a sala, com a camisa branca se ondulando com a brisa que soprava, a calça envolvendo seu traseiro, ajustando-se perfeitamente às nádegas rijas como rochas.

— Existe um excelente reformatório em Hertford — declarou ele. — Quando o bebê nascer, poderá ser levado para lá, e eu arrumarei um emprego para a princesa Leilani na Hooters.

Era típico do sr. Darcy assumir o comando da situação!

A solução era perfeita.

— Então, está tudo certo — disse a sra. Bennet, com um sorriso brilhante. — Tudo acabou bem. Pelo menos para as pessoas brancas envolvidas.

Algum tempo depois naquela tarde, Jane e Elizabeth estavam na sala de estar quando o sr. Darcy adentrou o aposento.

— Oh, perdoem-me — murmurou ele, corando até a raiz do cabelo acobreado. — Não quis interromper o jogo das senhoritas.

— Por favor, não se preocupe, sr. Darcy — disse Jane, gentilmente, colocando suas cartas na mesa. — Meu Deus! O que aconteceu? O senhor parece muito agitado.

— Confesso que estou, srta. Bennet — respondeu ele, com os olhos cinzentos e ardentes. — Preciso conversar com a sua irmã a sós, se a senhorita permitir. É uma questão deveras urgente.

A expressão no adorável rosto de Jane foi primeiro de surpresa e depois de prazer. Talvez o seu mais querido desejo estivesse prestes a ser realizado, e o sr. Darcy pediria que a irmã se tornasse sua esposa.

Ela se ergueu na hora, com um sorriso compreensivo nos lábios.

— Eu vou descer, Lizzy, e vou me esforçar para manter a mamãe afastada daqui.

— Obrigada, Jane — agradeceu Elizabeth em voz baixa, enquanto os lábios se abriam em um sorriso tímido. Tinha certeza de que, dessa vez, o sr. Darcy estava prestes a pedi-la em casamento.

— Elizabeth... — começou ele. — Eu tenho de pedir a sua mão.

Os olhos de Elizabeth se encheram de alegria.

— A bem da verdade, não precisa ser exatamente sua mão — continuou o sr. Darcy. — Acho que poderia ser a sua boca.

— Ora, mas do que o senhor está falando, sr. Darcy? — perguntou Elizabeth, confusa.

— Eu estou com essa santa ereção, Lizzy, e preciso resolver esta questão. — Seus olhos se fixaram nos dela. — Eu tenho de possuí-la — gemeu ele. — Agora!

Apesar de tudo, Elizabeth sentiu um frio familiar na barriga. O efeito que o sr. Darcy causava sobre ela era poderoso. Ele realmente estava no controle, ela era seu fantoche. Ele puxava as cordas, e ela dançava. Ou melhor, chupava seu pau.

Cinquenta tons do sr. Darcy

— Venha... — ordenou o mestre, oferecendo-lhe a mão. — Vamos até o seu quarto. Eu tenho algumas surpresas esperando por você lá.

Elizabeth se levantou e seguiu o sr. Darcy, saindo da sala de visitas e subindo as escadas, como se estivesse hipnotizada. Talvez, a mãe aparecesse...

Talvez, Jane entrasse sem bater... Todas as suas inibições foram deixadas de lado, assim como suas muitas camadas de roupas íntimas.

Tudo em que ela podia pensar era no corpo perfeito de Fitzwilliam Darcy e em se perder nos seus braços.

Quando chegaram ao quarto, o sr. Darcy a pegou nos braços como se ela não pesasse mais do que uma pena. Com a sola do pé, fechou a porta atrás de si e, ao mesmo tempo, jogou Elizabeth na cama.

— Você confia em mim, Elizabeth? — perguntou ele em voz baixa. Os olhos acinzentados e penetrantes como duas poças sensuais se enterraram inexoravelmente no coração dela.

De forma lenta e sexy, ele desfez o nó da gravata e a arrancou do pescoço com um movimento firme do punho.

— Eu confio em você — sussurrou ela.

— Então, feche os olhos.

Elizabeth sentiu algo macio encostar em seu rosto. Mas ainda era apenas a gravata, que o sr. Darcy usara para vendá-la, amarrando um nó atrás de sua cabeça. *Oh, meu Deus!* A gravata tinha o cheiro dele — um misto de couro, colônia e Doritos.

Ela ouviu seus passos caminhando de um lado para o outro no quarto. Mais sons — o tilintar dos cristais, o estouro de uma rolha. Então, sentiu o peso do corpo do sr. Darcy sobre si quando ele montou nela. *Puta merda!* Ele pesava uma tonelada.

— Você está com sede, Elizabeth? — perguntou ele, provocante.

Elizabeth acenou com a cabeça. O desejo deixara sua boca seca, e ela ansiava por um refresco. Sentiu o sr. Darcy se inclinar em direção a ela e, então, — *Oh, meu Deus!* — os lábios perfeitos dele estavam sobre os dela, sondando. Instintivamente, Elizabeth abriu a boca e, de repente, sentiu vinho escorrendo por seus lábios. Era fresco, encorpado, com toques florais e de alcaçuz e um final divertido. Ela engoliu e lambeu os lábios até a última gota.

— Mais? — ofereceu o sr. Darcy, sensual.

— Oh, sim... Por favor!

Uma vez mais, o sr. Darcy se inclinou e, uma vez mais, Elizabeth bebeu dos lábios dele. Algumas gotas escaparam de seus lábios e escorreram pelo pescoço.

— Agora, Elizabeth — murmurou o sr. Darcy —, você precisa comer algo. E tenho a escolha perfeita aqui.

Elizabeth sentiu o sr. Darcy se levantar da cama, de modo que os joelhos dele ficaram na altura dos ombros dela. Conseguia sentir o cheiro do sabonete dele. Ficou tensa. O que viria a seguir? Nervosa, abriu a boca e esperou.

— Mmmmmm — gemeu Elizabeth quando sua boca recebeu uma porção de linguiça.

— Você gosta disto, Elizabeth? — perguntou o sr. Darcy, com a respiração acelerada e entrecortada. — É linguiça de veado. Cragg fez uma porção. Deliciosa, não?

Elizabeth mastigou, se deliciou com a iguaria — o sabor era divino — e engoliu. Mais... Ela queria mais...

— Você é tão gulosa, Elizabeth. Uma outra garfada, talvez?

Mais linguiça, mais mordidas. Uma explosão de sabores tomava o seu ser: mexilhões, ovos, pepinos... Era um turbilhão de sensações, e sua cabeça girava com a sensualidade de tudo aquilo.

— Isso mesmo, baby — disse o sr. Darcy, com voz sexy ou faminta, dependendo do ponto de vista. — Você quer maionese?

— Oh, sim! Eu quero! — gemeu Elizabeth. Então, um jato delicioso e saboroso encheu sua boca, e ela engoliu tudinho, faminta, lambendo os lábios até sorver a última gota. O sr. Darcy gemeu.

— Adoro vê-la comer, Elizabeth!

Houve uma pausa, e Elizabeth sentiu o sr. Darcy sair de cima do seu corpo e da cama. Ela permaneceu ali, trêmula e ofegante, antecipando o que viria a seguir. O que estava acontecendo? Onde estava o sr. Darcy?

Então, do nada, sentiu um líquido quente se espalhar por sua barriga e coxas.

— Eu a cobri de maionese, Elizabeth — informou o sr. Darcy, arquejante. — Se você se mexer, vai sujar a cama toda. Se isso acontecer, você pagará a conta da lavanderia.

Oh, meu Deus! O molho salgado de maionese estava quente sobre a pele de Elizabeth. Ela tensionou os músculos, preparando-se para ficar imóvel.

— Oh, Lizzy, o que devo fazer com você? — Ela sentiu uma das mãos do sr. Darcy envolverem seu seio direito. — Minha doce garota. Tão doce — murmurou ele, envolvendo o seio esquerdo com a outra mão. — Você. É. Minha. — Ela sentiu outra mão entre suas pernas. Arfou. Como ele *fez aquilo?* Seu corpo, como se estivesse possuído, começou a se inclinar na direção dele.

— Por favor... — implorou ela, contorcendo-se.

— O que você quer que eu faça, Elizabeth? — murmurou ele.

Elizabeth começou a tremer.

— Preciso de você dentro de mim — gemeu ela. Ela sentiu o sr. Darcy se erguendo e ouviu o som de um pacotinho ser aberto. — O que é isso? — perguntou ela, curiosa.

— Oh, eu sempre costumo abrir alguns pacotinhos de salgadinhos antes de transar — informou o sr. Darcy em tom alegre. — Isso ajuda a manter o clima.

Rip! Rip! Rip! Elizabeth estremeceu de antecipação, erguendo os quadris da cama, sentindo-se frustrada. Então — *oh, não!* —, sentiu um fluxo de molho de maionese começar a escorrer lentamente sobre os quadris e em direção aos lençóis.

— Menina má, Elizabeth! Sujou a cama de maionese! — O tom da voz do sr. Darcy mudou na hora, e ele parecia travar uma batalha interna para controlar uma emoção violenta. — Você me desobedeceu. — O sr. Darcy arrancou a gravata, e ela se viu encarando olhos cinzentos furiosos, da cor de um mar revolto. — O que acontece quando você é desobediente?

Elizabeth engoliu em seco.

— O senhor... O senhor me castiga.

— Isso mesmo. — A voz dele estava fria e distante, quase como se ele estivesse falando de outro lugar. — Você foi uma menina má. E conhecerá o poder da minha vara.

Oh, ele permitiria que ela tocasse sua vara? Elizabeth não conseguia acreditar na própria sorte.

"Não. Você não vai conhecer o poder da vara que está pensando, sua idiota", interveio o seu subconsciente. "Ele está falando de uma vara de verdade e vai lhe dar uma sova dolorosa."

Elizabeth se desanimou. Estivera tão perto de realmente senti-lo dentro dela. Será que aquilo um dia aconteceria?

— Vire-se, Elizabeth — ordenou o sr. Darcy. Elizabeth sentiu uma sensação lhe subir por dentro. Algo como ressentimento. — Eu mandei você virar!

O sr. Darcy agarrou-lhe os quadris e a virou, de modo que o rosto dela ficou pressionado sobre o travesseiro, e seu traseiro nu, exposto, observável. Elizabeth contraiu as nádegas. Então, dando-se conta de que aquilo tornaria suas celulites mais acentuadas, relaxou. Seu traseiro tremia como um manjar branco.

— Meu Deus, Elizabeth — arfou o sr. Darcy. — Você está tão pronta para mim! Prepare-se para a minha vara!

Cinquenta tons do sr. Darcy

Um! — exclamou o sr. Darcy, acertando a carne sensível de Elizabeth com algum objeto leve. Um galho, talvez? Um lápis? Elizabeth suspirou, exasperada. — Dois! — continuou ele, e o galho/lápis acertou novamente a pele de Elizabeth causando um efeito mínimo.

Ela bocejou.

— Você é uma menina safada, Elizabeth — murmurou o sr. Darcy esfregando-lhe a mão sobre as nádegas.
— E você é minha. Toda minha. Três!

Se ele não tivesse contado, Elizabeth nem notaria o terceiro golpe. Ficou ali deitada e se viu, por mais estranho que parecesse, pensando sobre a Inglaterra. Que lugar maravilhoso para se morar!

— Quatro! — novamente o galho/lápis a acertou, e, novamente, Elizabeth não sentiu nada. Os olhos dela começaram a se encher de lágrimas. O contrato que assinara não era para aquilo. Ela esperara ter orgasmos avassaladores, que fariam a Terra tremer, derreteriam o cérebro e lhe causariam paradas cardíacas, e não aquilo.

— Gatinhos fofinhos! — exclamou ela, enquanto lágrimas escorriam pelo seu rosto. — Gatinhos fofinhos! Gatinhos fofinhos!

O efeito foi instantâneo.

— Elizabeth? — chamou o sr. Darcy com voz ansiosa.

Sentando-se e puxando o lençol para cobrir o corpo, Elizabeth se levantou e seguiu para o banheiro. Apenas quando chegou à porta do quarto se lembrou de que os banheiros não existiam até a Era Vitoriana. Então, seguiu para o armário, entrou e fechou a porta. Agachou-se, abraçou os joelhos e chorou.

— Por favor, Lizzy, deixe-me entrar. — O sr. Darcy estava encostado na porta, seu corpo inteiro pressionado contra ela. Imaginou que poderia sentir em seu pescoço a respiração dele, ainda entrecortada pelas atividades anteriores.

— Será que o senhor vai, algum dia, me comer, sr. Darcy?

— É isso o que você quer? — Ele parecia perplexo.

— Sim, é isso o que eu quero! — exclamou ela. — Todo esse lance de "menina safada isso" ou "garota má aquilo" é apenas uma desculpa para evitar o rala e rola, a sacanagem. — Ela fez uma pausa. — Você é gay?

Puta merda, ela não acreditava que tinha acabado de fazer aquela pergunta em voz alta.

Por alguns momentos, ele ficou em silêncio.

— Não, Elizabeth, eu não sou gay — respondeu ele com firmeza. — Sinto muito. Eu gostaria de mudar. Mas tenho essa necessidade. Uma compulsão por bater em jovens damas com diversos instrumentos domésticos. Isso é parte de mim e provavelmente é culpa da minha mãe. — Ele parecia tão abatido e triste que, apesar de tudo, Elizabeth sentiu uma pontada de compreensão. Fitzwilliam Darcy estava perdido, perdido para o lado negro da força.

— Por favor, Elizabeth. Eu imploro... Por favor, não me odeie — pediu ele.

— Eu não odeio você, Fitzwilliam — respondeu Elizabeth, com voz suave abrindo uma pequena fenda na porta.

— Ooooh! Eu consigo ver sua fenda, Elizabeth! — exclamou o sr. Darcy com um riso infantil.

Furiosa, Elizabeth puxou a porta.

— E senso de humor infantil e bobo? Isso também é parte de quem você é?

Ele ficou em silêncio por um tempo e, depois, falou em tom sério daquela vez:

— Não acho que eu possa mudar, Elizabeth. É quase como se eu não conseguisse me controlar. Essa sujeira vem de dentro de mim. É tão parte de mim quanto ser inglês e homem.

— Então, acho melhor você ir embora — declarou Elizabeth do armário.

— Você não pode estar falando sério!

Lágrimas escorriam pelo rosto de Elizabeth.

— Estou falando muito sério. O que eu quero você não pode dar, e eu não posso dar o que você precisa.

Ela ouviu os passos do sr. Darcy caminhando de um lado para o outro.

— Não faça isso, Elizabeth. Ficarei perdido sem você.

— Então, volte para Lady Catherine — orientou Elizabeth, amarga. — Ela o colocará sob as asas dela. Vocês podem se chicotear até a morte, que eu não ligo a mínima!

Mais passos e uma porta batida. Fitzwilliam Darcy se fora. O único homem que Elizabeth já desejara, o único homem que já amara etc.

Ele se foi pela quarta vez agora, e a história começou a se tornar um pouco previsível.

Certa manhã, por volta de uma semana depois da partida intempestiva do sr. Darcy, Elizabeth e as outras mulheres da família estavam reunidas na sala de jantar quando o som de uma carruagem atraiu sua atenção para a janela, e todas viram uma caleche de duas parelhas adentrando a propriedade.

O brasão — um par de nádegas nuas cercadas por espetos ameaçadores — não lhes era familiar e não conseguiram imaginar quem seria tal visitante, embora, ao ver que o criado usava uma tanga de couro e botas de motociclista, Elizabeth logo tenha adivinhado.

— Creio que Lady Catherine de Bruços está nos honrando com uma visita — declarou Elizabeth.

De fato, logo depois, a própria Lady Catherine adentrou a sala de visitas, ladeada por loucos lacaios lacerando-se com laços de laicra.

A sra. Bennet, Kitty e Mary fizeram uma longa reverência, intimidadas por tal aliteração. Elizabeth apenas inclinou o queixo em cumprimento. Lady Catherine, contudo, desdenhou as boas-vindas. Sem dizer palavra, seguiu até uma cadeira e tentou se sentar. A roupa de couro estalou, e apenas na terceira tentativa ela conseguiu, de fato, sentar-se.

— É uma grande honra receber sua visita, milady — gorjeou a sra. Bennet, obviamente satisfeitíssima por ter uma convidada de alta classe na sua humilde sala de estar.

— Aquela senhora suponho que seja sua mãe? — Lady Catherine dirigiu a pergunta a Elizabeth.

— Sim, madame, ela é minha mãe — respondeu Elizabeth, fria.

— Então, peça que ela providencie um pouco de talco — ordenou Lady Catherine. — A viagem de Rosings foi deveras desconfortável, e esta roupa nova me deixou toda assada. O couro ainda não foi amaciado.

A sra. Bennet se apressou em sair do aposento, chamando Kitty e Mary para ajudá-la. Elizabeth e Lady Catherine ficaram a sós.

Lady Catherine analisou o aposento com desdém.

— Vocês têm uma casa muito pequena, srta. Bennet — observou ela. — Não há muito espaço para manejar um chicote gato de nove caudas.

Elizabeth sorriu.

— Eu não tenho qualquer interesse em chicotes, madame. Ocupo meu tempo em atividades bem menos pervertidas, como jardinagem e caminhadas.

Sua visitante a olhou com desprezo.

— Jardinagem e caminhadas? Como a senhorita espera laçar o sr. Darcy com esse tipo de interesse?

— Pois eu lhe asseguro, vossa senhoria, que não tenho o menor interesse em laçar o sr. Darcy — respondeu Elizabeth. — Ele e eu temos personalidades muito diferentes e não combinamos nem um pouco.

Lady Catherine pareceu relaxar.

— Isso é verdade — comentou ela. — Ele tem um coração pervertido e sombrio, e apenas alguém que compartilhe com ele suas predileções pode realmente compreendê-lo.

— É uma pena que ele seja tão pervertido — lamentou Elizabeth, levantando-se. — Na minha opinião, ele foi arruinado e nunca saberá como realmente satisfazer uma mulher.

Lady Catherine tentou se erguer, mas a roupa rangeu de forma audível.

— Ajude-me, menina! — ordenou ela. Elizabeth, relutante, ofereceu a mão, e Lady Catherine a agarrou e alavancou seu corpo para cima. — Vamos caminhar pelo jardim — sugeriu ela.

— Com esses saltos? — perguntou Elizabeth, incrédula. — Tem certeza?

— Não discuta comigo, srta. Bennet. Quero ver a sua trepadeira. Ouvi dizer que é impressionante.

Juntas saíram pela porta e passaram pelo caminho de cascalho que conduzia ao jardim.

Lady Catherine cambaleava perigosamente sobre os saltos agulha e agarrou-se ao braço de Elizabeth em busca de apoio.

— A senhorita deve ter adivinhado por que vim até aqui — comentou Lady Catherine.

— Confesso que não faço a menor ideia de por que nos agraciou com vossa presença — respondeu Elizabeth.

— A não ser que traga notícias de Hunsford, do sr. e da sra. Phil Collins.

Lady Catherine estreitou os olhos.

— Srta. Bennet, há de saber que não se deve brincar comigo. Existe apenas um motivo para a minha visita, e esse motivo é ordenar-lhe que não tenha mais qualquer tipo de contato com o sr. Darcy.

— E eu já lhe informei que meu contato com o sr. Darcy, como costumava ser, acabou.

— Nós duas sabemos que isso não é verdade — retorquiu Lady Catherine, com raiva. — Por que, então, ele iria até Rosings para me dizer que não deseja mais continuar como meu submisso?

Elizabeth se assustou como se tivesse levado um tapa. O sr. Darcy desejava pendurar o cuecão de couro? Não conseguia imaginar tal coisa!

— Creio que suas artimanhas e jogos sedutores possam tê-lo feito esquecer por um tempo o que ele deve a mim e a si mesmo.

— Minhas artimanhas?

— A sua conversa sobre passear de mãos dadas e toques carinhosos... — O rosto de Lady Catherine se retorceu de nojo. — O sr. Darcy é meu — continuou ela. — Ele é o meu brinquedo para eu fazer o que bem entender. Sempre foi assim e sempre será assim.

Cinquenta tons do sr. Darcy

Elizabeth imaginou o sr. Darcy servindo porções de amendoim em Rosings, com os olhos voltados para o chão, postura humilde e cuecão de couro moldando o traseiro firme...

— Mas, se o sr. Darcy não quer mais ser seu escravo, ele não tem o direito de expressar sua opinião no assunto?

— Ele não sabe o que quer — exclamou Lady Catherine. — A senhorita virou a cabeça dele com seus olhos enormes e inocência adorável e refrescante. Sob sua influência, ele está até considerando adotar um animal de estimação. Outro dia, ele sugeriu que, em vez de fazermos sexo anal, poderíamos montar um quebra-cabeça juntos. — Lady Catherine lançou um olhar fulminante a Elizabeth. — Não, eu não vou tolerar nenhum argumento. A senhorita deverá ordenar-lhe que volte para mim.

Algo despertou dentro de Elizabeth.

— E por que eu faria tal coisa, madame? — perguntou ela. — Não vejo motivos para ajudar vossa senhoria com suas trepadas sacanas. Por favor, dê-me um motivo para lhe ajudar.

— Porque eu estou ordenando! E eu sou uma dominadora! Todos fazem o que eu digo!

— Então, vossa senhoria está enganada — respondeu Elizabeth friamente. Ergueu o queixo e jogou os ombros para trás. — Eu não faço o que vossa senhoria manda. Eu sou Elizabeth Bennet. Sou uma heroína para gerações de jovens mulheres, que me admiram por minha inteligência, coragem e espírito incansável. É necessário muito mais do que uma vaca velha, seca e dominadora que usa maquiagem demais para me intimidar.

Lady Catherine arregalou os olhos, chocada.

— A senhorita ousa me desafiar? — perguntou ela com a voz trêmula de raiva. — E, a propósito, eu não uso muita maquiagem. Só estou com um pouco de rímel e um toque de brilho nos lábios.

— Ah, é? — disse Elizabeth. — Bem, eu tenho algo para colocar no seu rosto bem aqui comigo! — E, abrindo a mão, Elizabeth deu uma bofetada poderosa na cara da mulher mais velha; Lady Catherine cambaleou sobre os saltos agulha por um momento, os braços abertos se sacudindo em uma vã tentativa de se equilibrar. Então, caiu para trás no arbusto espinhento de tojo. Elizabeth lhe lançou um olhar frio. As extensões de cabelo louro tinham se prendido aos espinhos e os filés de frango que usava para aumentar os seios escorregaram até o umbigo.

— Agora, sim — divertiu-se Elizabeth, abaixando-se para pegar um galho de aparência sólida que estava aos seus pés. — Fique de quatro sua velha ridícula, porque eu vou lhe dar um gostinho do seu próprio remédio!

Cinquenta tons do sr. Darcy

A surpresa do restante da família Bennet com a visita de Lady Catherine não foi nada em comparação ao choque de vê-la mancar de volta para a carruagem, curvada com um galho enfiado em uma parte de sua anatomia que não deveria ser mencionada. Elizabeth, porém, explicou que Lady Catherine escorregara em algumas folhas úmidas no orquidário e caíra sobre uma pilha de galhos afiados, e o resultado fora desafortunado. Felizmente, não foram feitas outras perguntas, e Elizabeth se convenceu de que aquele era o fim da questão. Não conseguia acreditar que a influência de Lady Catherine sobre o sr. Darcy tivesse caído tanto a ponto de ele tentar retomar o contato com a família Bennet depois de tamanho insulto à sua madrinha. Além disso, havia toda a questão do estilo S&M que ele levava.

No entanto, na manhã seguinte, o sr. Bennet a chamou em seu escritório.

— Lizzy, recebi hoje de manhã uma carta que me deixou absolutamente pasmado — começou ele. — Não sabia que tinha duas filhas prestes a se casar.

— Thomas e Lydia vão se casar depois de tudo? — perguntou Elizabeth, chocada.

— Não, minha querida, a carta lhe diz respeito, a você e ao nosso amigo em comum, o sr. Darcy. — O sr. Bennet sacudiu a carta diante dela. — Nesta mensagem, ele pede sua mão em casamento.

Elizabeth empalideceu. Apoiou a mão na estante de livros para se equilibrar.

— Você vai desmaiar, Lizzy? — perguntou o padrasto, preocupado.

— Estou apenas chocada — respondeu ela. — Não estou certa de que gostaria de me casar com o sr. Darcy. Minhas experiências com ele têm sido...

O sr. Bennet franziu o cenho.

— Ele não a tratou bem?

— Na verdade, em muitos aspectos, ele me tratou muito mal.

— Mas ele bateu em você, querida?

Elizabeth concordou com a cabeça.

— Bateu.

— E ele abusou de você de alguma outra forma?

— Sim, de diversas maneiras tão pervertidas que o senhor nem conseguiria imaginar.

— E ele continua tão arrogante e orgulhoso quanto quando nos conhecemos?

— Nada mudou a esse respeito.

— Então, é claro que você não deve se casar com ele! — exclamou o sr. Bennet. — Não quero que minha enteada favorita se prenda a tal monstro. Oh, espere um pouco... — Ele olhou para a carta. — Eu esqueci, tem um P.S. aqui em algum lugar. Vejamos... Oh, sim, é isto. Ele diz que adora pescar.

— E daí? — perguntou Elizabeth, confusa.

— Eu também adoro pescar! — exclamou o padrasto. — Então, está tudo acertado. Escreverei para o sr. Darcy agora mesmo, dando a minha permissão para vir a Longbourn reivindicá-la como noiva. Agora, seja uma boa menina e me traga uma cerveja bem gelada.

Assim, três dias depois, o sr. Darcy chegou a Longbourn, acompanhado pelo sr. Bingulin, que queria ficar a sós com Jane e sugeriu uma caminhada nos jardins. O sr. Darcy ficou muito satisfeito em aceitar tal plano, mas Elizabeth nem tanto. Ela percebeu que o sr. Darcy parecia um pouco mais humilde do que de costume. Seu caminhar arrogante ainda estava lá, assim como o sorriso torto permanente, mas os olhos demonstravam uma ansiedade interior. Assim que conseguiu, ele tomou uma rota diferente da do casal de noivos, e, juntos, o sr. Darcy e Elizabeth caminharam de braços dados por entre as sebes

— Minha querida srta. Bennet — começou o sr. Darcy com uma formalidade à qual ela não estava acostumada. — Entendo que a senhorita recebeu uma visita de Lady Catherine de Bruços.

A expressão no rosto de Elizabeth nada revelou.

— Sim, sr. Darcy — respondeu ela, com igual formalidade. — Ela nos honrou com uma visita.

— E eu entendo que a senhorita a deixou toda roxa.

— Sim, sr. Darcy, eu fiz isso.

Eles caminharam juntos por alguns momentos em silêncio amigável.

— Será que, a partir disso, eu posso entender que tenho motivos para ter esperanças? — perguntou o sr. Darcy em voz baixa.

— Esperança de quê? — quis saber Elizabeth, arregalando os olhos azuis, surpresa. — De que eu voltarei a me submeter à sua vontade e me tornarei sua escrava sexual de novo? Que eu concordarei em viver uma existência sem orgasmos em Pembaley?

O sr. Darcy deu um passo para trás, como se tivesse recebido um soco.

— Sr. Darcy, você nunca atingiu o clímax em nossos encontros?

Cinquenta tons do sr. Darcy

Elizabeth, apesar de tudo, corou.

— Não desejo ferir o seu orgulho, sr. Darcy, mas não, eu nunca gozei.

— Mas como isso é possível? — perguntou o sr. Darcy, incrédulo. — Lady me ensinou tudo sobre sexo.

— Então, eu creio que ela não seja uma boa professora.

Os olhos do sr. Darcy brilharam de raiva.

— Lady Catherine é versada nos prazeres da carne! — exclamou ele. — Ela foi uma excelente professora.

— Ela pode conhecer bem os prazeres da carne — exclamou Elizabeth, de forma apaixonada —, mas não sabe nada sobre amor, erotismo e intimidade. Não sabe nada sobre como realmente satisfazer uma mulher!

Em estado de choque, o sr. Darcy apressou o passo. A expressão em seu rosto era sombria e raivosa.

— Você não gosta do meu armário de vassouras? — perguntou ele. — Achei que tivesse ficado enfeitiçada pelos meus desejos negros e perigosos.

Elizabeth deu de ombros.

— Não mesmo. Na verdade, sim. Aquilo é um pouco diferente, sabe?, mas você nunca pensou em deixar seus açoites e grampos de mamilo de lado e simplesmente transar de maneira normal de vez em quando?

Àquela altura, Elizabeth sentia-se corar, tanto de vergonha quanto de paixão, mas estava determinada a confrontar o sr. Darcy com a verdade.

— Não, nunca. Eu não sou assim. — O sr. Darcy deu um sorriso triste. — Eu já disse para você, baunilha não é o meu sabor, Elizabeth.

Elizabeth olhou nos olhos cinzentos insondáveis. O que estava acontecendo ali? Ele era tão complexo, tão profundo.

— E qual é o seu sabor, sr. Darcy?

— Perversão, com abundância de creme batido e um plugue anal para coroar a receita.

Maldita Lady Catherine!, pensou Elizabeth, furiosa. E maldita Picon por ter tornado um menino jovem, vulnerável e indefeso num pervertido!

Hesitante, Elizabeth estendeu a mão e tocou a coxa do sr. Darcy de forma delicada, como uma borboleta pousando em uma flor. Ele se encolheu.

— Por favor. Por mim — implorou Elizabeth. — Eu gostaria que tentássemos.

Várias emoções cruzaram o belo rosto do sr. Darcy, como nuvens passando na frente do sol: incerteza, medo, angústia...

— Que inferno, Elizabeth — disse ele, rouco, passando a mão pelos cachos despenteados. — Nem sei se sou capaz de tal coisa. Já sou pervertido há tanto tempo que temo não ter mais redenção.

— Não creio que isso seja verdade — murmurou Elizabeth. — Em algum lugar dentro de você existe um amante previsível e sem imaginação. Eu ajudarei você. Eu quero descobrir os prazeres do papai e mamãe, apenas nos sábados à noite com você. Venha... — Ela lhe ofereceu a mão. — Vamos dar uma volta pelo jardim de rosas. Venha comigo.

Os olhos do sr. Darcy registraram choque e algo mais, algo mais profundo — seria medo?

— Dar uma volta no jardim?

— Sim, Fitzwilliam. Será que isso é tão ruim?

— Eu nunca na vida dei uma volta no jardim apenas pelo prazer de fazê-lo. — O pânico o dominava. — Será que você esperará que eu faça comentários sobre as flores ou a vista?

— Sim, eu espero isso. Mas você conseguirá.

O sr. Darcy puxou-a para si, puxando-lhe o cabelo de modo a fazê-la olhar para ele.

— Você é uma mulher inacreditável, srta. Bennet — suspirou ele. — Você deposita tanta confiança em mim. Você está fazendo isto por mim?

— Eu faria qualquer coisa por você — declarou Elizabeth com lágrimas brilhando sob os cílios. — Menos introdução de punho, lembra?

Juntos, começaram a perambular pelo caminho de cascalho que levava ao orquidário e, de lá, passaram por uma pérgula e entraram no jardim de rosas. O corpo do sr. Darcy estava teso e rígido, como se estivesse prestes a fugir a qualquer momento.

— O senhor notou as rosas floribundas ali?

O sr. Darcy lançou um olhar de pânico.

— Elas são adoráveis, srta. Bennet — opinou ele. — São tão... amarelas.

Elizabeth acariciou-lhe a mão de modo tranquilizador.

— De fato, elas são bem amarelinhas. E que cheiro maravilhoso elas exalam. O senhor gostaria de cheirar uma?

De forma gentil para não assustá-lo, ela arrancou uma única rosa da sebe e a estendeu na direção do rosto do sr. Darcy.

— Sinta o cheiro — ofereceu ela.

Por um momento, acreditou que o sr. Darcy lhe daria as costas e fugiria. Ele parecia lutar contra algum demônio interior. Mas, após um tempo, pareceu se controlar.

A respiração ficou mais lenta, e ele se inclinou para sentir o perfume inebriante da rosa.

— Extraordinário — anunciou ele.

O rosto de Elizabeth se iluminou de alegria.

— Oh, Fitzwilliam — suspirou ela. — Você acabou de experimentar um prazer não sexual! E você nem disse "Vai na frente com a rosa e eu cravo atrás!" ou fez piadas sobre as trepadeiras, como eu esperava que fizesse!

Um sorriso lento se espalhou pelo rosto do sr. Darcy.

— Para ser sincero, srta. Bennet, nenhum desses trocadilhos passou pela minha cabeça — informou o sr. Darcy, encantado. — Você tem esse efeito em mim. — Ele se inclinou, e seus lábios se tocaram em um beijo casto. Elizabeth sentiu uma comichão nas regiões mais baixas do corpo.

Caminharam até o banco do amor na extremidade do jardim de rosas e se sentaram. Elizabeth olhou, desejosa, para o corpo musculoso do sr. Darcy.

— Posso tocá-lo? — perguntou ela em um sussurro.

O sr. Darcy franziu o cenho.

— Onde?

— Pensei em começar com o peito.

As pálpebras do sr. Darcy se contraíram de nervoso.

— Muito bem, Elizabeth — disse ele, com os lábios apertados e o maxilar tenso. Ele respirou fundo. — Estou pronto.

"Pule o maldito peito e vá direto para os finalmentes!", orientou a sádica interior. "Talvez você não tenha outra chance!"

Elizabeth, contudo, não lhe deu atenção. Bem devagar, oh!, devagarinho, deslizou uma das mãos por dentro da camisa do sr. Darcy e acariciou os mamilos magníficos, traçando gentilmente as linhas do abdome esculpido. *Nossa, ele tinha um tanquinho ali!*

Cada músculo do corpo do sr. Darcy estava contraído, os olhos, fechados, e a respiração, arquejante.

— Você precisa me dizer se a experiência for muito dolorosa para você — pediu Elizabeth, ansiosa. — Você precisa apenas dizer a palavra de segurança, e eu pararei imediatamente.

As mãos de Elizabeth desceram um pouco mais em direção aos botões da calça do sr. Darcy.

— Meu Deus, Elizabeth, você tem certeza do que está fazendo?

Ela abriu cada um dos botões com dedos ávidos. A respiração do sr. Darcy acelerou. Seu maxilar estava contraído, e as veias do pescoço se sobressaíam como cordas pulsantes.

— Acho que talvez você deva parar agora, Elizabeth — arfou ele —, pois sinto que o fim está próximo.

— Oh! — Elizabeth retirou a mão. — Tão rápido assim?

— Eu lhe disse que não precisa de muita coisa para me fazer gozar — disse o sr. Darcy com fervor. — Uma perna de mesa é o suficiente para inflamar meus desejos. Um prato com geleia trêmula também. Até mesmo uma palavra pode ser o suficiente. Eu nunca fui aos banhos públicos em Bath por temer o que poderia acontecer.

Elizabeth pensou por um momento.

— Então, vamos tentar algo diferente — sugeriu ela, por fim. — Vamos tentar conversar sobre assuntos menos... estimulantes. Isso distrairá sua mente da tarefa que temos em mãos.

— Como assim?

A mão de Elizabeth estava novamente na calça do sr. Darcy.

— Eu me lembro de você ter mencionado que queria comprar um novo papel de parede para a biblioteca — começou ela em tom alegre. — Você ainda gosta mais do estilo *chinoiserie*?

O sr. Darcy gemeu.

— *Chinoiserie*... é algo... tão... ultrapassado.

A mão de Elizabeth trabalhava em silêncio, acariciando, provocando, tentando.

— Talvez você queira considerar um tecido adamascado — continuou Elizabeth. — Eles estão em alta na cidade.

— Pode ser — arfou o sr. Darcy —, embora um friso *trompe-l'oeil* também... funcione... bem. Você não... acha?

Oh, meu Deus! Ela estava satisfazendo o sr. Darcy! Já não era sem tempo! Levantando-se do banco, Elizabeth ergueu o vestido e montou nele, baixando o corpo bem devagar sobre a ereção dele. Oh, a sensação deliciosa de senti-lo preenchê-la!

— Ouvi dizer que o primeiro-ministro usou um padrão xadrez no papel de parede da biblioteca... — Os olhos do sr. Darcy estavam semicerrados, e o rosto, contraído. Bem devagar, Elizabeth começou a subir e a descer. — ... mas já me disseram que ficou um pouco espalhafatoso. Talvez um *toile de jouy* fosse melhor. Pode até ser um pouco *démodé*, mas continua sendo um clássico. — A respiração de Elizabeth agora estava ofegante. Suas partes secretas estavam agradavelmente quentes, como se alguém tivesse aquecido mel e despejado dentro dela.

— De fato... *Toile* merece... ser considerado.

Elizabeth aumentou o ritmo. O sr. Darcy agarrou o quadril dela, e, juntos, se moveram como um só.

— Você poderia apenas... pintar — ofegou Elizabeth.
— O papel de parede seria melhor — murmurou o sr. Darcy.

O banco balançava à medida que a intensidade da transa aumentava. Elizabeth jogou a cabeça para trás. Seu corpo estremeceu enquanto sentia uma sensação intensa crescer dentro de si, ameaçando explodir a qualquer momento. O sr. Darcy continuou:

— Vou considerar... a ideia de... — Ele gemeu alto, e seus músculos se contraíram... — ESTOFAR! — gritou ele, quando seu corpo encontrou o alívio. As entranhas de Elizabeth se dissolveram enquanto ondas de prazer sacudiam seu corpo e ela desmoronava sobre ele com a respiração entrecortada e os dedos enroscados no cabelo acobreado.

— Oh, Fitzwilliam! — exclamou ela, acariciando a juba acobreada. — Você conseguiu! Fez amor comum!

O sr. Darcy suspirou e a abraçou. Ela sentiu o cheiro almiscarado misturado com Doritos.

— Minha Lizzy — murmurou ele. — Você. É. Tão. Especial. Você fez tanto por mim. Você entrou no meu Armário Azul de Vassouras com Todas as Parafernálias Realmente Pervertidas. Você me deixou golpeá-la com legumes e espancá-la com jornais. Se sexo comum é o que você quer, então é isso que terá.

— Vamos encontrar um meio-termo, Fitzwilliam — murmurou ela com o rosto ainda mergulhado no cabelo dele. — Assinarei o seu contrato. Que tal sexo baunilha de segunda a sexta e, nos fins de semana, nós soltamos a franga e fazemos todos os lances pervertidos?

— Oh, Lizzy! — exclamou o sr. Darcy apertando-a contra o peito com tanta força que ela pensou que iria desmaiar. — Você fez de mim o pervertido mais feliz de todo o mundo!

Nem todo mundo ficou feliz com as boas-novas de Elizabeth e sr. Darcy. Kitty ficou desanimada por ser a única das irmãs a permanecer em casa; Lydia finalmente viajara para Nova York a negócios, Jane se estabelecera em Netherfield, e Mary fora despachada para o campo para dar à luz o filho do sr. Raboquisto.

— Mary não deveria ter tido uma transa nessa história! — enfureceu-se Kitty. — Ela era claramente a menos atraente e, no livro original, o seu destino era permanecer virgem para o resto da vida!

— Mas esta é a versão apimentada com sexo — explicou a mãe. — Os clássicos com pornografia estão na moda agora. Pensei nos clássicos de Jane Austen *Tesão e Promiscuidade* ou *Perversão*...

— Ou *Enema* — sugeriu Elizabeth. — Creio que a srta. Austen queria que esse romance em especial fosse sobre uma alcoviteira intrometida, e não sobre a atração do sr. Knightley por sexo anal.

Obviamente, o novo lar de Elizabeth agora era Pembaley, e, embora sentisse saudade da família, ela logo passou a amar a casa e seus habitantes, até mais do que Longbourn.

Ela e o sr. Darcy mantiveram o acordo, ocupando as noites de sábado e domingo, após a missa, com trepadas sacanas, e o resto da semana era devotado ao sexo papai e mamãe sem imaginação. Na verdade, tudo era felicidade e harmonia, e esse seria um final adequado, não fosse uma pequena intrusão na felicidade deles.

— Por favor, diga-me o que guarda no galpão no final do jardim? — perguntou Elizabeth certa manhã ao voltar de sua perambulação diária pelo terreno.

O sr. Darcy assumiu uma expressão sombria. Os olhos escureceram do cinza de aço para ferro negro.

— Isso eu nunca contarei, Elizabeth — murmurou ele. — Jamais. Trata-se do meu segredo mais terrível.

Elizabeth engoliu em seco.

— Achei que eu conhecesse todos os seus segredos terríveis.

— Não este. — O corpo do sr. Darcy estava tenso, como se ele estivesse esperando um soco. — Se você soubesse o que há no galpão, saberia o quanto a minha alma está corrompida e como eu nunca poderei ser salvo.

Oh, sr. Darcy! Todos os instintos compassivos de Elizabeth foram despertados. Ela ergueu a mão para tocar o rosto dele, mas ele se esquivou na hora.

— Você viu o meu Armário Azul de Vassouras com Todas as Parafernálias Realmente Pervertidas — disse ele com voz estrangulada. — Mas você não sabe o que existe no meu Galpão Verde de Artefatos Chocantes.

Elizabeth arfou. Havia mais? Mais libertinagem? Mais perversão? Ela certamente esperava que sim.

— Por favor — rogou ela. — Eu já disse antes que quero conhecer o verdadeiro Fitzwilliam Darcy. Não há nada que você possa me mostrar que irá me chocar.

— Você nunca mais vai me amar. Nunca mais.

— Façamos um teste.

— Pois bem. — O sr. Darcy parecia prestes a chorar. — Então venha...

O Galpão Verde ficava no final do jardim de flores do campo; coberto de hera e líquen e fundindo-se de forma perfeita com o ambiente, parecia ser nada mais do que um acréscimo atraente à paisagem. Um caminho sinuoso levava até ele, e o sr. Darcy seguiu na frente, com o olhar fixo e sem dizer palavra. Elizabeth sentia o coração palpitar de ansiedade. Conseguiria lidar com o que havia lá dentro? Que tipo de perversões haveria ali?

— Veja — anunciou o sr. Darcy, escancarando a porta. — Meus cinquenta tons...

Puta merda! Abajures* de todos os tipos, modelos e designs iluminaram Elizabeth. Abajures enfeitados com franjas e laços, castiçais com velas elaboradas, vidros coloridos para lampiões a gás... Muitos quebra-luzes estavam acesos, e a luz das velas parecia dançar de forma ameaçadora e demoníaca.

— Minha coleção — suspirou o sr. Darcy. — Não são extraordinários?

Elizabeth não havia se preparado para aquilo e lutava para respirar. Aquilo era demais para ela.

— Este aqui, por exemplo — mostrou o sr. Darcy, pegando um castiçal em miniatura. — Eu comprei por

---

* Em inglês, "lampshades". A autora faz uma brincadeira com a palavra "shades" que pode ser "tons", mas também "abajur". Assim, *Fifty Shades of Mr. Darcy* poderia ser traduzido como *Cinquenta Tons do sr. Darcy* ou *Cinquenta Abajures do sr. Darcy*. (N.T.)

alguns centavos no mercado francês de chá. Lindo, não? — O brilho das contas de cristal do castiçal soava nos ouvidos de Elizabeth como gargalhadas cruéis, debochando dela. O sr. Darcy passou as mãos pela borda de um lampião de forma sexy. — Meus abajures definem meus tons e são a minha vida, Lizzy. Se vamos realmente construir uma vida juntos em Pembaley, você tem de aceitar a minha obsessão. Estou sempre em busca de mais enfeites, do produto perfeito para polir os acessórios de latão e de franjas para enfeitá-los. Venho aqui quase todas as noites apenas para olhar para todos os meus abajures.

Ele colecionava malditos abajures? Elizabeth sentiu as pernas vacilarem sob o corpo.

— Elizabeth? — perguntou o sr. Darcy com voz preocupada.

Ela sentia a cabeça girar e deu alguns passos para trás, afastando-se do galpão. Sabia que estava falando, mas achou difícil reconhecer a própria voz.

— Senhor, este é o pior diálogo que já encontrei em um romance! — exclamou ela. — Carece de qualquer tipo de credibilidade, e eu nem estou certa de que abajures em si já existissem em 1814, considerando que a iluminação a gás se tornará amplamente adotada mais para o fim do século.

O sr. Darcy deu um passo para trás, chocado.

— Você achou minha fala ruim? Trata-se de um trocadilho tosco em inglês, mas, certamente, tem seu valor, mesmo que pequeno.

Elizabeth meneou a cabeça. Não conseguia acreditar que seus sonhos estivessem se despedaçando diante de si. O sexo sem orgasmos ela até poderia aceitar, a arrogância que fizera sr. Darcy separar sua irmã do sr. Bingulin também, mas aquilo? Aquilo mudava totalmente o sentido do título do livro e zombava de toda a premissa da história. Virando-se, ela começou a correr, apesar da tontura, passando pelo jardim de flores do campo e voltando para a segurança da casa.

— Elizabeth! Espere! — exclamou o sr. Darcy.

Ela continuou correndo, enquanto as lágrimas a cegavam, até que o sr. Darcy a agarrou quando estavam próximos às sebes.

— Aonde você está indo, Lizzy? — perguntou ele, desesperado. — Por favor, não fuja de mim. Tente... Tente entender.

Elizabeth meneou a cabeça violentamente. Não conseguia olhar naqueles intensos olhos cinzentos por temer que eles dissolvessem sua resolução.

— Não... Não... Eu tenho de voltar para Longbourn. Deixe-me ir agora. Eu imploro.

O sr. Darcy a soltou e se empertigou. Quando falou, sua voz estava fria e distante.

— Temo que meus instintos estivessem corretos, srta. Bennet. Você não pode lidar com os cinquenta tons. Não são muitas as mulheres que conseguem.

Isso despertou a curiosidade de Elizabeth.

— Você mostrou os seus cinquenta tons para outras submissas?

Ele apertou os lábios.

— Eu mostrei. Para todas elas, e a maioria fugiu. Eu pensei que você fosse diferente.

Àquela altura, as lágrimas escorriam soltas pelo rosto de Elizabeth.

— Você me enganou, senhor. Você deixou que eu acreditasse que "cinquenta tons" se referiam à sua personalidade complexa e dividida em várias camadas. Mas não... Não isso.

Cinquenta *abajures*? Tratava-se apenas de uma piada ruim que nem funcionaria na tradução para outros idiomas! E ferraria a vida dos tradutores bem no finzinho da história!

— Espere, vamos discutir isso de forma racional — sugeriu o sr. Darcy bastante calmo. — Até onde vejo, temos duas opções. Podemos terminar a história assim como um gancho para um segundo volume...

Ambos ficaram em silêncio avaliando as implicações de tal opção. Aquilo significaria ainda mais frases de duplo sentido, mais insinuações sexuais e trocadilhos cada vez mais sem graça, pois a autora já esgotara o repertório de palavras rudes — sério, isso pode ser bastante exaustivo.

— Honestamente, você estaria disposta a passar por tudo isso de novo? — perguntou o sr. Darcy. Elizabeth enxugou as lágrimas do rosto com as costas da mão.

— Não mesmo — confessou ela. — Creio que a melhor decisão seja manter este livro como volume único

— Nesse caso, acho que o melhor a fazer é apenas fechar a porta do galpão. O que acha? — quis saber o sr. Darcy. Podemos fingir que isso nunca aconteceu.

Ele parecia tão esperançoso, tão vulnerável, que Elizabeth não encontrou forças no coração para negar a ele tal pedido.

— Pois bem — suspirou ela. — Fechemos a porta, Fitzwilliam.

— Você sabe o que dizem: quando uma porta se fecha, outra se abre — declarou ele com um brilho lascivo e mal-intencionado nos olhos. — Que tal se abrirmos a sua porta dos fundos, Elizabeth?

— Vamos deixar isso para outra hora, sr. Darcy — cortou Elizabeth. — Creio que o melhor a fazer seja terminar este livro do modo tradicional.

— Você quer dizer "e eles viveram felizes para sempre"?

— Acho que isso seria perfeito.

O sr. Darcy suspirou.

— Muito bem, Elizabeth, se isso a satisfaz, viveremos felizes para sempre.

Elizabeth olhou bem no fundo dos olhos acinzentados, hipnotizantes, de aço. Ele era um bilionário complexo, fodido e psicologicamente instável, mas era o bilionário dela, para todo o sempre.

— Fim — arfou ela.